拝み屋備忘録

# 赫怒の刻印

郷内心瞳

竹書房
怪談
文庫

# 印が消えることはない

もうだいぶ昔の話になるが、拝み屋を営む私の許(もと)に、心霊スポット探索が趣味という人が訪ねてきた。ごく平凡な会社員で、当時は三十代前半ぐらいだった。

母親に付き添われてきた彼は、牛乳瓶の底みたいに分厚いレンズの眼鏡を掛けていた。心霊スポットを回りすぎた結果、祟りで視力が急激に落ちこんでしまったのだという。

廃旅館を探索中に不穏な声が聞こえて以来だと、肩を落として彼は言った。

学生時代、こっくりさんに熱をあげすぎ、霊感が強くなってしまったという人もいる。彼はしばしば得体の知れない人影を目撃し、月に数度の割合で金縛りに悩まされている。中学生になる一人娘も、彼と同じかそれ以上に霊感が強いのだという。

パワースポット巡りが好きだった、ある女性は、知り合いの占い師に教えてもらった秘密のパワースポット（山中の廃神社）へ足を運んだ際に現地で半日近くも意識を失い、以後は夢の中にたびたび、白い髭(ひげ)を蓄えた老人が現れるようになった。

老人はいつも気味の悪い薄笑いを浮かべ、彼女の首筋を歯のない口で噛み続けている。

特別変わった行為に及ばずとも、いつもの通い路を歩いていただけで、感覚に異変を来たしてしまった人もいた。

数日前に起きた交通事故。現場に置かれた献花の前に、死んだ少女が立っているのを目にした彼女はそれ以来、同じ現場で同じ少女の姿を認め続けている。

こうした異様な感覚の変化を表す言葉は、魅入られる、癖がつく、目覚める、などと様々にあるが、前段までに挙げたいずれの事例においても共通するのは、一度来たした変化というのは、なかなか元に戻らないという点である。

もとい。「基本的には戻らない」という表現のほうが適切かもしれない。戻る場合もあるにはあるが、そうした基準や手段は曖昧で、残念ながら保証の限りではない。

一度身体に焼きついた「印」というのは、そう易々と消えてくれるものではないのだ。

事故や好奇心で突発的に生じる「印」であってもこれほど始末に負えない代物である。獲得形質によって完成された「印」や、意図せずこの世に生まれ持った「印」であれば、実質的に消し去ることは不可能と言える。

これらに該当するのは、いわゆる霊感質の人間が多数を占め、私のような霊能関係の仕事を営む者もその多数のうちに含まれる。

「拝み屋備忘録」シリーズ第九作に当たる、本書『赫怒の刻印』は、前述までの述懐と題名が示すとおり、斯様に不穏な「印」にまつわる奇怪な話を主軸に編んでみた。

　平素は著者である私自身も前書きに引き続き、本編の要所に「怪異の体験者」としてしゃしゃり出るのが慣例なのだが、本書においてはこの前口上をもってお役御免とする。敬愛すべき読者諸氏に再びお目に掛かれるのは、おそらく次作の前書きになるだろう。

　代わりに今回は、とある業界経験者に私が本来担うべき役割を委ねてみることにした。本書「拝み屋備忘録」シリーズを始め、これまで世に出た過去の「拝み屋」シリーズをご愛読いただいている方々には、きっと喜んでいただける人選だと思う。

　初めて名前を知るという方も心配ご無用。

　彼女の人柄を知り、内に秘めたるものを知り、彼女が体験することになった凄まじい怪異の水端に触れれば、おそらくその顛末までを知らずにはいられなくなることだろう。これも不穏な「印」にまつわる怪異である。それもとびきりおぞましくて恐ろしい。

　さて……前書きの大半を読み終えた親愛なる皆さま方の頭の中にも、視えざる世界を覗き見るために必要な「印」が浮き出てきたことと思う。これで準備は万端である。

　怪奇と恐怖に満ちた非日常の世界を、最後までたっぷりとご堪能していただきたい。

# 目次

※本書に登場する人物名は様々な事情を考慮して仮名にしてあります。

# 再構築、あるいは加害者側の視点

都内に暮らす三神（みかみ）さんは、長年引き籠（こも）り生活を続けていた。

大学を卒業後、一度はＩＴ関係の企業に就職したものの、対人関係のいさかいを機に半年足らずで退社。

その後は、実家の二階に充（あ）てがわれた自室に引き籠っていたのだが、しばらくすると両親が営む食堂の地下室に移り、ゴキブリのような暮らしを始めるようになった。

地下から上へあがるのは、トイレの時と風呂に入る時だけ。食事は母親が部屋の前に用意した物を食べる。家族と顔を合わせることもほとんどなかった。

薄暗く黴臭（かびくさ）い地下の籠り場で、主には趣味のテレビゲームとインターネットに興じて無為な日々を過ごした。働く気など一切湧かず、地下での暮らしをやめる気もなかった。

静かでほどよく空気の湿った地下室は、三神さんにとって、どこにも勝る楽園だった。

地下に籠って五年目を迎えた頃である。

彼はニュースで、とある若い女性の殺害事件を知った。

容姿が美しかった彼女は、下卑たネットユーザーの好奇を煽り、報道時に公開された写真を筆頭に、彼女が生前SNS上に残した写真も片っ端から拡散されていった。

髪はロングのストレートで、明るい茶髪。顔は小さく、肌の色は抜けるように白い。

大きな目の中で輝く瞳は、黒みがかった濃い茶色。

笑うと、涙袋がぷくりと膨らむのが特徴的な美人だった。

ネットで彼女を目にした三神さんは、たちまち心を奪われてしまう。手当たり次第に集めた写真を一枚残らず印刷すると、部屋の壁にずらりと並べて貼りつけた。

写真を眺めながら夢想に耽る。夢想に耽りながら、心の中で彼女に甘い言葉をかける。

甘い言葉をかけながら、彼女が今わの際にたっぷり味わった恐怖と切望を想像する。

大粒の涙をこぼしながら命乞いを続け、血の気の引いた顔面をぐしゃぐしゃに歪ませ、血みどろになった身体をのたうち回らせ、甲高い悲鳴をあげて果てていく彼女の様子が脳裏に色濃く浮かんでくると、得も言われぬ愛おしさがこみあげた。

「ざまあみろ」と歓喜して、すかさず「アンコール！」と叫びつける。

フリーダムな妄想の世界で彼女を愛し、彼女を嬲り、欠かさず声をかけ続けていくと、そのうち彼女と会話ができるようになった。たどたどしい言葉のやりとりではあったが、どんなに痛くて惨いことをしてやっても、どんなに淫靡で倒錯的なことをしてやっても、「気持ちいいか?」と語りかければ、彼女は笑顔で「はい」と応えてくれた。

彼女は三神さんに対してとびきり従順だったし、どんなにひどく痛めつけてやっても合図ひとつで傷が治った。何をしようが死ぬほど苦しむだけで、本当に死ぬことはない。見た目がまったく同じであっても、あえなく一度きりの「お楽しみ」で死んでしまった実在の彼女とは、あらゆる面から別物と言えた。だから呼び名も改めることにする。新たな自分専用彼女の名前は、月川涙とした。オリジナルに敬意を表した命名である。

月川涙。つきかわるい。ツキが悪い。

出掛ける日にちと場所を間違えなければ、あるいはせめて時間帯さえ間違えなければ、けだものみたいな紳士の玩具にされずに済んだのに。なんたるツキの悪さだろう。

「敬意」という名のその実、小洒落た皮肉をたっぷりこめた素敵な名前をつけてやった。服装も三神さんがいちばんそそられる、紫色を基準にしたものを着せるようになった。袖口と裾の部分に薔薇の刺繍をあしらったワンピースがとりわけよく似合った。

髪の色もオリジナルの明るい茶色から、少しだけトーンを落とした濃い茶色に変えた。そのほうがしおらしい感じがして、嗜虐心をくすぐった。

名付けとカスタマイズが完了してからは、一層力を入れて涙を可愛がるようになった。来る日も来る日も可愛がってやった。

寝る間も惜しんで可愛がったし、寝ながら夢の中で可愛がることもあった。

生身の死人をベースに創りあげた月川涙は、コストゼロでとことん遊べる玩具だった。暗く湿った地下室は、涙を嬲って愉しむ拷問場で、ふたりにとっての愛の巣でもあった。快楽と興奮に満ち満ちた日々を三神さんは、概ね半年近く謳歌した。

だがその後、予期せぬ事態に見舞われてしまう。

創造から概ね半年頃を境にして、涙の様子が変わってきた。

口数が減り、しだいに会話が成立しづらくなった。

喜怒哀楽にも乏しくなり、笑顔も苦痛に歪む顔も薄く、味気ないものになってしまう。

異変に気づいてからはあっというまに不具合が進み、目蓋の裏でのろのろ動くだけのマネキンじみた具合になった。躍起になって想像してみても、涙は思い描いたとおりに動いてくれなくなった。そのうち意識の上から姿も完全に見えなくなってしまう。

それからしばらく経った頃、三神さんの部屋にひとりの女性が訪ねてきた。

中には入れず、分厚い木製の扉越しに話を聞くと、彼女の仕事は霊能師なのだという。

間抜けな両親が宗教にでもハマって、自分にも入信を迫りに来たのかと思ったのだが、話を聞くとそうではなかった。幽霊に関する調査をしているのだという。

ここしばらく、三神さんの自宅周辺でたびたび幽霊が目撃されているらしい。

紫色のワンピースを着た茶髪の幽霊で、不特定多数の人が目撃している。驚くことに両親も、それぞれ自宅内で目にしているとのことである。

外見的な特徴を聞いただけでも、「幽霊」の正体が涙だということはすぐに分かった。半面、どんな理屈があってそんな事態になっているのかは、皆目分からなかった。

「何かご存じありませんか?」という彼女の問いに対して「知っています」と答えたが、他の答えは保留にした。代わりに「今日は話せませんけど、また来てくれますか?」と持ち掛ける。「今は混乱しているので、気分を落ちつけてから話します」と付け加えて。

彼女は快く承諾してくれた。日を改めてまた出直してきてくれるという。

「ありがとう」と礼を述べ、この日はそれで終わりとなった。

数日後、約束した日に再び霊能師が訪ねてきた。

彼女のために前もって、スチール製の折り畳み椅子を部屋のドア前に用意してやった。

彼女は礼を述べつつ椅子に腰掛け、閉ざしたドアを隔てて語りかけてくる。

下卑た馴れ初めやえげつない営みに関する話題は全て伏せ、涙のことを話してやった。

心の中に涙を創った動機は、先行きの見えない将来に対する不安からだとした。

霊能師は大いに同情してくれ、自分にも昔、涙と同じような存在がいたと打ち明けた。

か細い声音で彼女が語るには、心に強い負荷がかかり続けると心の中にそうしたものが、突発的に生まれてくることがあるらしい。

「馬鹿かこいつ」と思ったが、「そうなんですか」と答えて話の続きを促してやる。

その後は適度に相槌を打ち、時には大きな唸り声や感嘆を示す言葉を交えるなどして、熱心に聞き入るふりをしながら、二時間近く彼女の話に付き合ってやった。

話の結果、涙が再び三神さんの許へと戻ってきてくれるよう、協力してくれるという。そのために三神さんの許へ定期的に訪ねてきてくれるのだという。

今さら涙のことなどどうでもよかったが、口実としては最高の役目を果たしてくれた。分厚い扉越しに「よろしくお願いします」と声を返す。

霊能師が帰ったあと、扉の内脇に設置したデスクトップPCを猛然といじり始める。

映像はどれも完璧に録画されていた。アングルも上々だった。歓喜する。

前回、霊能師が訪ねてきたあとすぐに、ネットでビデオカメラを三台買った。

カメラは全部、段ボール箱やビールケースの中などに隠して、扉の外に設置してある。

録画した映像にはそれぞれ、霊能師の姿がはっきりとした画で映されていた。

声音と話し方がそそる感じだったので実行に移したのだが、大正解だったと言えよう。

三十路を過ぎているとは言っていたが、なかなかの上ランクである。

肩口で切り揃えた黒髪。そこから覗く小さな面は、肌の色が若干抜けて乳脂のように薄白く、どことなく腺病質そうな印象を抱かせる。

涙とはまったく違うタイプで最たる好みではないものの、こいつはこいつで嗜虐心を大いにくすぐってくれる、とてもいい顔つきをしていた。

それに涙と比べて、決定的なアドバンテージもある。こいつは生身ということである。

いちいち頭で想像しなくても、モニター越しに好きなだけ姿を愉しむことができる。

足元に取りつけたカメラの映像には、彼女の下半身が映っていた。スカートを穿いて軽く開いた脚の間からは、白いショーツが覗いているのもばっちり映っていた。

涙のことは、もはやどうでもよかった。戻って来るなら受け容れてやるぐらいである。そんなことより、今後はこの女が定期的に訪ねてくるということのほうが重要だった。せいぜいうまく引き延ばしてやろう。長ければ長いほどありがたい。

訪ねてくるたび、部屋の中から両目を使って犯してやる。再び想像力をフル回転させ、頭の中にこの女をベースにした、新たな玩具が顕現するのを試してみるのもいい。あるいは録画した映像をネタにうまく交渉すれば、わざわざそんな努力をしなくとも、すこぶる楽しい体験ができるようになるかもしれない。

夢は膨らむ。今すぐ爆発しそうな勢いで。

奇しくも予期せぬ縁をもたらしてくれた点については、涙に感謝しなければならない。ありがとうよ、あばずれビッチ。今日から先はシーズン2の始まりだ。

両親が営む食堂の地下に引き籠り、ゴキブリのような暮らしをしている三神さんこと三神俊平(しゅんぺい)は、高鳴る鼓動に気息を荒げながら、どす黒い想像の翅(はね)を広げ始めた。

# 報復

紀香(のりか)さんは一時期、独り暮らしの自宅マンションに彼氏を住ませていたことがある。

彼氏もアパートに独り住まいをしていたのだが、仕事が安月給のために年じゅう金欠、時には三度の食事もままならないことさえあった。

仕方なく紀香さんが自宅へ招いて手料理をご馳走するうちに、だんだん泊まっていく機会が増えていき、そのままなし崩し的に同棲することになってしまった。

彼氏と毎日一緒にいられるということで、初めのうちは紀香さんも嬉しかったのだが、ひと月もすると、それまで見えていなかった彼氏のだらしなさが目につくようになって、苛々(いらいら)する機会が増え始めた。

脱いだ衣服やゴミは散らかしっぱなし、寝具は畳まない、電気や水の使い方が無頓着、おまけに金遣いも荒く、欲しい物は後先考えずになんでも買った。

これでは金欠に陥るはずだと言い含めても右から左、生活態度を改めるよう促しても一向に改善は見られない。しつこく言うと怒鳴(どな)り散らされ、ひどい時には私物を壊され、壁にパンチやキックで穴を開けられることもあった。

結局、半年足らずで堪えきれなくなり、別れ話とセットで部屋から追い払ったのだが、この時も彼氏はさんざん理屈をこね回し、必死で部屋に居座り続けようと食い下がった。

彼氏を追いだし、すっぱり縁も断ち切ったことで元の暮らしは戻ってきたのだけれど、それからまもなく紀香さんは、しばしば目の痛みに悩まされるようになってしまう。

痛みは両目を鋭利な刃物で切られるような感じで、なんの前触れもなく襲ってくる。眼科に行って検査を受けても異常は見つからず、原因不明と診断されただけだった。

痛みが一向に治まらないまま、さらに月日が経ったある日のことである。

ふとした弾みに、部屋の壁に掛けていた写真入りのパネルを落としてしまった。

ガラスが割れてしまったので片づけをしていると、裏から紀香さんの写真が出てきた。

両目の部分に刃物で切ったような細い跡が幾重にも重なり、顔のそばには彼氏の筆跡で「死ね」と書かれていたそうである。

# 夫婦のいる家

氏木(うじき)さん夫婦が一時期、借家に暮らしていた頃の話である。

奥さんの妊娠を機に、以前暮らしていたマンションから移り住む形だった。

家は二階建ての文化住宅で、構えは少し古めかしかったが、部屋数はそれなりに多く、日当たりは良好。庭には車庫もついていて、おまけに家賃も良心的だった。

綜合的に申し分のない物件だったので、契約の際にはずっと住み続けるつもりだった。

けれどもふたりは入居から一年も経たずに、この家を去ることになってしまう。

理由は家の中でしばしば、得体の知れない男女の姿を目にしたからである。

歳はどちらも五十代半ば頃。ふたりとも小綺麗で落ち着いた感じの身なりをしていた。まるで保険のＣＭや広告写真で見かける、夫婦のような印象である。

最初にふたりの姿を見たのは、奥さんのほうだった。

昼間、二階へあがると、廊下の奥に並んで立っていた。顔には笑みが浮かんでいたが、目はじっとりと据わって、鈍い光を帯びていた。

奥さんが悲鳴をあげると、ふたりはたちまち姿を消してしまう。

氏木さんはそれからひと月近く経った頃に見た。

夜中、喉が渇いて台所へ向かうと、冷蔵庫の前に肩を並べて立っていた。

その後もおよそひと月の間隔で、氏木さんと奥さんがほぼ交互に夫婦の姿を目撃した。電気の消えた暗いリビングに座る夫婦、脱衣所に並んで佇む夫婦、玄関口に並ぶ夫婦、寝室の細く開いたドアの隙間から、顔を縦に並べて見つめる夫婦。

家の中のあらゆる場所でふたりを目にし、ふたりに見られ、見つめ合うことになった。

堪らず霊能者を招き、次には住職を招き、最後は神主を招いて拝んでもらったのだが、いずれも効果はなかった。供養もお祓いも物ともせず、謎の夫婦は平然と現れ続けた。

それで最後は氏木さんたちのほうが根をあげてしまい、引っ越すことにしたのである。

不動産屋に問い合わせたこともあったが、以前暮らしていたのは転勤族の中年男性で、その前は子持ちの四人家族。

氏木さんたちが見たような老夫婦が住んでいたことなど、一度もないとのことだった。

# テルコちゃん

会社員の篠美(しのみ)さんは小学三年生の頃、喋るテルテル坊主と友達だった。

梅雨時になんとなく作った小さなテルテル坊主が、思いのほか可愛らしい仕上がりで、梅雨が明けてからも大事に部屋に飾っていた。

するとそのうちテルテル坊主は、篠美さんに語りかけるようになってきた。

当時、篠美さんは学校で仲間外れにされていたので、一緒に楽しい時が過ごせるなら、相手は別に生身の子でなくても構わなかった。

テルテル坊主は女の子の声で喋ったので、テルコちゃんと名付けた。

マジックで描いた口はぴくりとも動かず、声は耳にではなく、頭の中に聞こえてくる。

好きな漫画やアニメのこと、気になる玩具や服のこと。他愛もないことを主に話した。

時には学校であった嫌なことや辛いことも打ち明けた。

そのたびにテルコちゃんは、優しい言葉を選んで慰めてくれた。両親は仕事が忙しく、じっくり話を聞いてくれなかったし、時には邪険にされることもあった。

だから篠美ちゃんは、ますますテルコちゃんとの会話にのめりこんでいった。

テルコちゃんと話せることは家族を含め、誰にも知られないように気をつけていた。

けれどもある日の夕暮れ時、部屋で話をしているところを母親に見られてしまう。

「小っちゃい子供じゃないんだから」

母は呆れた顔で笑い、「空想遊びなんかしていると、頭が変になる」などとも言った。

「つまらないことはやめなさい」と念も押される。

母が去ったあと、篠美さんは泣きながらテルコちゃんに「悔しい」と言った。

するとテルコちゃんは、短い沈黙を挟んで「じゃあ、殺そう」と応えた。

いつもの優しい女の子の声ではなく、大人の女の声だった。

ぞっとするほど、冷たく鋭い声だった。

すかさずテルコちゃんを引っ掴み、窓から外へ放り投げる。

翌日は大雨が降ったので、庭へ投げられたテルコちゃんは泥水でぐずぐずになった。

以来、篠美さんがテルテル坊主を作ることは二度となかったそうである。

# 外人向け（推定）

二十年ほど前の話だという。

俊美（としみ）さんが友人とふたりで、ベトナム旅行へ出掛けた時のこと。

宿泊先に選んだカントーのホテルは、チェックインを済ませて部屋のドアを開けると、予約時にネットの紹介写真で参考にした様相とは、悪い意味でだいぶ印象が異なった。

端的に言い表すなら、ぼろくて汚い。

写真では真っ白だった壁は、魚の干物のような色に赤茶け、窓から射しこむ光の中に埃が薄っすらと揺らめいているのが見える。床に敷かれたカーペットも手入れが足りず、泥土でできた足跡の残りがあちこちに残っているという体たらくである。

「何これ、詐欺じゃん」

篠美さんが毒づくと、友人も「だよね」とうなずき、揃ってため息がこぼれ出た。

フロントに戻ってクレームを入れてみたが、部屋を変えることはできないと言われる。割引をする気もないようなことも言われ、謝罪らしき言葉もなかった。

憤慨しつつ部屋へ戻ると、入口近くの壁面に白い紙切れが貼ってあるのが目に留まる。手のひら大の大きさで、表に仏さまの全身像と呪文らしきものが書いてあった。

「千客万来みたいなおまじない？」

「だったらこんなん貼るより、先に掃除するのが当たり前でしょ」

ふたりで笑い合ったあとに示し合わせ、腹いせに剥がして捨てることにした。

その晩遅く、篠美さんが息苦しさに目覚めると、腹の上に見知らぬ女が胡坐をかいて、こちらをにやつきながら見おろしていた。

悲鳴をあげると隣で寝ていた友人も女に気がつき、悲鳴をあげた。

同時に女の姿も掻き消える。

真っ青になってフロントへ駆けこみ、事情を説明したところ、今度はあっさり部屋を変えてくれた。新たに用意された部屋は、ネットで見た紹介写真と同じくらい小綺麗で、こちらの部屋には御札とおぼしき紙は貼られていなかったそうである。

# 巣にされる

今から八年ほど前、会社員の安武(やすたけ)さんが高校時代の頃である。

夏休みに友人たちが自宅へ泊まりに来た夜、軽いノリで悪魔召喚の儀式をおこなった。

手順の情報源はネットから。オカルト系のサイトで紹介されていた、悪魔を呼びだす儀式の中から手軽に実践できそうなものを選んで、夜半過ぎに決行した。

儀式は単純極まりないもので、小さな紙の上に描いた魔法陣の周囲に蝋燭(ろうそく)を五本立て、簡素な呪文を唱えるだけ。召喚に成功すると魔法陣のまんなかから黒い姿の悪魔が現れ、願い事を聞いてくれるとのことだったが、そんなものは出てこなかった。

「あるわけねえよな」と友人たちと笑い合い、魔法陣と蝋燭を片付ける。真夏の怪しい余興は十分堪能できたので、特に不満もないまま儀式は尻切れトンボで幕をおろした。

安武さんの家で不気味な生き物が目撃されるようになったのは、それからひと月近く経ってからのことである。

身の丈は鼠と同じぐらいなのだが、身体の作りは猿を思いきり小さくしたような感じ。全身が黒い毛で覆われ、壁や天井をゴキブリのような動きで這い回る。

初めにそれを見たのは安武さんの母で、それから二週間ほどして安武さん自身も見た。自室の壁を這い進み、箪笥の裏側へと滑りこむさまは異様に速く、目に留まったのはほんの一瞬だったが、今まで見たことのない生き物だというのは、それだけで分かった。

黒くて小さい猿のような生き物は、それから八年の歳月が過ぎゆくなかで家族全員が最低一度は目撃するに至っている。

つまり件の生き物は、未だに安武家の何処かに居座っているということになるのだが、今のところ、特にこれといった実害は発生していないそうである。

諸々の実害が発生しているのは、安武家の近所に並ぶ家々だった。

この八年間で近所に立つ家が火事で三軒焼け落ち、自殺や交通事故で家族を亡くした家が六軒ある。いずれの不幸が起きたのも、件の生き物が姿を見せた直後だという。

自宅は周囲に災禍を及ぼすための巣にされたのではないかと、安武さんは思っている。

# ハートの劉と、小さな青い女の子

尊い朝の日差しを浴びながら、ベランダ越しに並び立つ、樹々の風姿を漫然と愛(め)でる。樹は渋めの濃い緑を宿した葉の方々に、燃えるような赤みを宿した花を咲かせている。葉は鳥類の羽を思わせる、ひらひらと繊細な形をしていた。赤い花のほうは、どことなく冠か鶏冠(とさか)を連想させる、艶やかで勇壮な形姿をしている。鳳凰木(ほうおうぼく)という名はまさに言い得て妙だと、劉(リュウ)小橋(こばし)美琴(みこと)は思う。その樹形は、たおやかに両翼を広げた火の鳥を彷彿させる。初めて名前を知った時は、思わず感嘆の息を漏らしてしまったものである。

十一月の半ばを迎えた今、赤い花はだいぶ減り、緑の葉のほうが多く目につくけれど、それでも花の赤みのほうが鮮烈なので、眺める時は「赤い木」という印象が勝る。

鳳凰木はベランダに面した公園の中にあった。緩やかな間隔で六本並んで生えている。

マンションの三階に位置するこのベランダ越しに眺めると、木々は視線の平行よりも少し上から見おろす形になる。距離は適度に離れているので、鉄柵に両腕をのせながら目を向ければ、公園じゅうの鳳凰木を一望することができた。

自宅の外に見える風景で美琴がもっとも好きなのが、この鳳凰木が映える風景である。

マンションは台北の市街に立っている。四階建てで築二十年余り。薄茶色の煉瓦に覆われた外壁は煉瓦の一部が剥がれていたり、色が褪めていたりして、少々古めかしい趣きはあるけれど、内装は綺麗で広く、使い勝手も住み心地も良かった。風の通りがいいせいか、空気が絶えず澄んでいるのも良い。

エントランスに面した通り沿いには、低層階のマンションとアパートがひしめき合い、一階が飲食店や雑貨店になっている建物も多い。だから通りは夜まで人の往来が絶えず、比較的賑やかな情緒を醸しだしている。

ベランダに面したマンションの裏手も、公園を囲む形で集合住宅が立ち並んでいるが、こちらは表側の賑わいとは対照的に、いつでも閑静な雰囲気に包まれていた。

鳳凰木の様子を眺めるのも好きだったが、どちらかといえば静けさに安らぎを感じる美琴の気質も相俟って、ベランダから望む景色がいちばんのお気に入りになっていた。

二〇一七年の四月に結婚し、台湾に移り住んで一年と七ヶ月。早いものであと半年も待たずに二度目の結婚記念日を迎える。

結婚相手は台湾人で、名を劉志偉さんという。歳は今年で三十六歳。

台北市内に小さな事務所兼店舗を構え、輸入雑貨を扱う事業を細々と営んでいる。

美琴よりも一歳年上の彼とは、この台北で知り合った。

二〇一五年の秋、ちょうど今頃の時季に、独身時代の美琴は少々思うところがあって、独りで台湾旅行に出掛けたことがある。その折に劉さんと知り合ったのだ。

お互い、初対面で気になるものを感じ合ったのだと思う。北京語に疎い美琴と違って、劉さんは日本語が流暢だった。日本の取引先とも、長らく親密な関係にあるゆえである。

言語の壁がなかったことも後押しとなり、滞在中は何度も顔を合わせて会話に興じた。

連絡先も交換し、帰国してからもふたりの交流は絶えることなく続いた。

こうした馴れ初めから、清澄かつ穏やかな流れを経ての今である。

結婚を申しこまれた時、美琴は迷うことなく「喜んで」と答えを返した。

出逢った頃から劉さんには、優しさと静けさの両方を、ずっと感じ続けていたからだ。

一緒にいると心地いい。この人ならきっと自分を幸せにしてくれるという確信があった。

予感ではなく確信だから当たった。これ以上はないという歓びの中で始まりを迎えた結婚生活は、期待していた以上に和やかで安らぎに満ち満ちたものだった。

劉さんと一緒に暮らしていると、楽しい出来事は無論のこと、日々訪れるささやかな出来事のひとつひとつにも穏やかに心を寄り添わせ、何気なくもかけがけのない毎日や、季節の移り変わるさまをしみじみと噛みしめながら、凪いだ気分で過ごすことができる。幸せな暮らしとはこうした日々のことを指すのだと、美琴は心の底から感じていた。

結婚後は主婦業に専念し、基本的には平板で変わり映えのない日々を送っているので、人によっては刺激に乏しい退屈な暮らしと思われるかもしれない。

だが、仮に退屈と感じられる時があったとしても、それはそれで一向に構わなかった。美琴の場合、刺激は独身時代に危険も込みでさんざん経験してきたからである。

二十代の前半から、美琴は都内で霊能師の仕事をしていた。種々の加持祈祷を筆頭に、先祖供養や魔祓いなど、心得があって責任を持ってやれることは、幅広く手掛けていた。劉さんと結婚する直前まで続けていたから、足掛け十五年近く務めたことになる。

少女時代のある時期を境にして、いわゆる「霊感」と呼ばれるものは有していたので、一応の素養はあったのだろうが、だからといって好んで始めた仕事ではなかった。

霊能師を始める前はいくつか一般職も経験したのだけれど、特異な感覚が仇となって周囲との軋轢を生んだり、疎外を受けたり、時には枷となって自ら周囲を遠ざけたりと、おしなべてうまく馴染むことができなかった。

こうした苦い経験を踏まえ、一般的な社会生活は送れないと判断したのち、消去法を経て選んだ生きる道がすなわち、霊能師だったのである。

楽な道筋ではなかった。依頼主に感謝される嬉しさもあったが、時には激昂されたり、蔑まれたり嘲笑われたりする悔しさや虚しさもあった。知りたくもない人の心の裏側や営みもたくさん知ることになったし、見たくもないものもたくさん見てきた。

魔祓いや生霊返しを必要とする案件では、身の危険を感じる機会も少なくなかったし、時には命の危険に晒される局面もあった。引き受けた依頼をどうにか解決していくたび、旧姓小橋美琴の心身は大なり小なり消耗していったように思う。

誇りを持って勤めた仕事だし、自分が歩んできた道を振り返って後悔することはない。けれどもその道筋に再び戻る気があるかと自問すれば、答えは迷うことなくNOだった。

完璧にはほど遠くとも、霊能師として自分なりにできうる限りはやりきったと思うし、廃業間際に手掛けた仕事も綺麗に幕を引きことができた。未練や悔いは残っていない。

　およそ十五年。止まない荒風に絶えず揉まれ続けるような厳しい年月が過ぎ去った今、美琴が歩むべき道は、劉さんとふたりで作った新たな道以外になかった。こちらの道は微笑みながら颯々と歩めるなだらかな道筋であり、時折吹きわたる風もぬくぬくとした暖気を孕む、優しく穏やかな風が大半である。

　我が世における荒ぶる苦難の季節はもう終わったのだ。新たに迎えたのどかで静かな今の季節を美琴は大事に過ごしていきたかった。

「美琴、ココア飲もう」

　そろそろ部屋へ戻ろうと思いかけた時、隣にしゃがみこんでいた麗麗が美琴を見あげ、明るい声を弾ませた。麗麗は美琴と一緒に、鉄格子の隙間から鳳凰木を眺めていた。

「うん、そうしよっか」

　美琴が応じると麗麗は立ちあがり、隣に並んで歩き始める。

　年頃はおよそ八歳。淡い艶みを帯びた黒い髪の毛は、肩口から少しはみ出すぐらいの長さで、歩くと左右にさらさら揺れる。服装は深い青みを湛えた半袖のワンピース。

　髪の毛は元々、頭の両脇で白い布に包んだお団子状に結わえられ、衣服は上下が青いパンツスタイルのチャイナ服だったのだけれど、半年ほど前から今の装いに変わった。

麗麗は美琴の親友である。それもいちばんの大親友だった。

けれども生身の女の子ではない。広義には、タルパと呼ばれる存在である。その姿は基本的に美琴の目にしか視えないし、声や気配も他人に感じ取ることはできない。

平易に言い表すなら、タルパは「人工的な幽霊」という表現が比較的近しいだろうか。

語源は、チベット密教における「応心（化身などの一概念）」を意味する「トゥルパ」。これを二十世紀の神智学者が独自に解釈した末に「トゥルパ」は「タルパ」と名を変え、いつしか個人が己の空想で思い描き、場合によっては瞑想や明晰夢、呪術などを用いて創りあげる、架空の存在を表す概念へと変化した。

タルパはイマジナリーフレンドと性質の似通う一面はあるが、大きな違いとなるのは独自の意志を持つという点に尽きる。空想遊びの域を出ないイマジナリーフレンドとの交流に対し、タルパは自らの意志を明確に発し、創造主とのコミュニケーションを計る。創造主の心や視界に映るその姿も、実在するかのように鮮明である。

創造の方法については好みの姿や性質、目的などを定めて任意に創出する手段に加え、虐めや虐待によって被る強いストレスが発端となって、無意識に発現される場合もある。

美琴の場合は後者のほうだった。

小学三年生の夏休み、周囲の大半から虐げられて孤立していた時期に麗麗は生まれた。八方塞がりの状況に予期せず顕現した麗麗は、たちまち美琴の救世主となったのである。その後は来る日も来る日も麗麗と戯れ、笑い合い、楽しい時間を過ごしたのだけれど、夢のような日々はあっというまに終わりを迎える。

顕現から三月ほど経ったある日のこと、やはり周囲がもたらす突発的な悪意によって、脆くも麗麗は美琴の意識の中から潰えてしまった。その後は呼べど探せど、麗麗の姿を見いだすことは叶わず、美琴は再び孤立無縁の耐え難い日常に引き戻されてしまう。

因果関係は不明だが、美琴に霊感が芽生えたのは、麗麗を失ってからのことである。

別れの強烈な印象と喪失感が凄まじかったため、麗麗とは二度と会えないと割り切り、記憶の中に残り続ける思い出は大事にしつつも、再会を願うことはなかった。

ところが奇跡は再び起きた。

結婚から五ヶ月近くが経った頃、麗麗はひょっこり美琴の前へと戻ってきたのである。

朝方、劉さんが仕事に出掛けてまもなくした時だった。美琴が台所の片付けを終えてリビングへ戻ると、麗麗はテーブルセットのそばに立ち、にこにこ笑みを浮かべていた。当時とまったく変わらぬ可愛らしい姿で。

美琴の「おかえり」と麗麗の「ただいま」が、ほとんどぴったり重なり合ってしまい、思わずふたりで笑ってしまう。

それから美琴は頽（くずお）れるように屈みこんで麗麗を抱きしめ、声をあげて泣きだした。

小学時代の過去にまつわる複雑怪奇ななりゆきや、時を隔てて再会を迎えた現状など、麗麗に関することは、劉さんに一切話していない。

打ち明けるべきかと思ったこともあるのだけれど、仮に話したところで劉さんに姿が見えるわけでもなく、おそらくややこしくなるだけだから、秘密にしておくことにした。美琴がうかがう限り、今のところ劉さんに気づくそぶりは見られない。

二十年余りの長い年月を経て、果たして麗麗はどんな奇跡が起きて再び美琴の許へと戻って来ることができたのか？　麗麗に訊いても「分かんない」とのことだった。

美琴も確かな答えは分からなかったが、自分なりに感じるところでは、霊能師という仕事を最後まで全力でやり抜いた、ご褒美のようなものではないかということだった。

結婚まで半年を切った二〇一六年の秋口、美琴はそれまで手掛けたことのないような、恐ろしく厄介な案件を引き受けることになった。おそらく辞退もできたのだろうけれど、自分なりに強く思うところがあって取り組むことにした。

紆余曲折の末、事態は概ね丸く収まったものの、美琴は胸骨にひびが入る怪我を負い、さらには二月近く、慢性的な疲労感に悩まされることにもなった。

とはいえ体調面ではさんざんな目に遭った反面、気分のほうは心地良い充足を感じて、十五年ほど続けた霊能師の仕事を悔いなく勇退することもできた。

こうした過酷な幕引きを己の意志で選んだからこそ、目には視えない何か大きな力が、美琴の許へ再び麗麗を呼び戻してくれたのではないかと考えている。

「濃い目に。砂糖もいっぱい」

リビングのサイドボードに置かれたココアの瓶と砂糖壺を見ながら、麗麗が言う。

「ダメです。どっちも適量」

頭を振りつつ、美琴はマグカップにココアの粉と砂糖を適量入れる。

ふたりでココアを楽しむ前に決まって始まる、不毛だけれど楽しいやりとりだった。

カップにお湯を注いで丁寧にかき混ぜ、甘い湯気を立ち昇らせるココアができあがる。

それを持ってテーブルセットに備えられたソファーに座る。

麗麗も美琴の隣に座る。手には美琴と同じ、ココア入りのマグカップが握られている。

カップの柄も大きさも、中に入ったココアの量も寸分違わず同じである。

飲食は、美琴がおこなうそれとシンクロする。美琴がココアを用意すれば、麗麗にも同じココアが供され、食事の支度をすれば、麗麗の分も彼女の前に供された。

美琴はカップの縁にそっと口を付け、小さくこくりとココアをすする。

麗麗は両手に持ったカップにふぅふぅ息を吹きかけ、それからごくんと大きく呷る。

「ふぅ……おいしい」

夢でも見ているような眼差しを空に向けつつ、とろける声音で麗麗が言った。

「美味しいね」と美琴も応じる。

朝食後、劉さんを仕事に送りだしてから嗜む、ふたりだけのささやかな楽しみだった。ココアの日もあれば、カフェオレやフルーツティーの日もある。

ゆっくりお茶を飲み終えると、あとは劉さんが帰って来る夕暮れ過ぎか夜の時間まで、家事をこなしながらふたりで過ごす。テレビを観たり、ジグソーパズルを作ったり。

一日の流れは概ねこうした具合なのだけれど、ここ数日間は事情が少し変わっていた。朝は劉さんを送りださないし、麗麗とは夕暮れを過ぎてなお、夜になっても一緒にいる。

数日前から劉さんは家にいなかった。商品の買い付けで、スリランカへ出掛けたのだ。帰宅するのはおよそ二週間後になる。年に三度か四度、こうした海外出張で家を空ける。

麗麗がいてくれると、寂しさが紛れて助かった。劉さんから電話やＬＩＮＥが来ても不平をこぼさず、素直な気持ちで仕事の進捗や体調を労わってあげることができる。

劉さん。そう、やはり美琴にとっては、いつまで経っても夫の呼び名は劉さんだった。初めて出逢った頃からの癖が抜けず、未だに「劉さん」と呼んでしまう。

それは劉さんも同じで、出逢って以来、美琴のことを「ミコさん」と呼び続けている。「呼び捨てでいいのに」と言っても、微笑みながら「ミコさん」と呼ぶ。

だからお互いさまだった。似たもの夫婦の片割れに、早く帰って来てほしいなと思う。

「劉」と言えば、美琴の苗字は今でも本当は、単なる「小橋」のままである。

昔の台湾では結婚すると、妻は自分の姓名の上に夫の苗字を加えて乗せるというのが一般的だった（つまり小橋美琴の場合は、劉の苗字を一字加えて、劉小橋美琴になる）。けれども現在の台湾では、夫婦別姓というのが一般的なのだそうである。

美琴としては、戸籍上にも「劉」の一字を加えて、劉小橋美琴になりたかったのだが、劉さん曰く「きっと変な名前になっちゃうよ」ということで、残念ながら却下となった。実際、事情を知らない日本人に「劉小橋美琴です」と名乗れば、変な顔をされそうだし、いちいち事情を説明するのも煩わしいような気がしないでもない。

けれども日本の文化の中で育った美琴としては、やはり結婚したからには、夫の姓を名乗りたいという願望は捨てきれなかった。そこで「せめて気分だけでも」と思い做し、結婚後は自分で勝手に「劉小橋」を名乗っているのである。

劉さんは相変わらず「なんか変」と言ってくるけれど、まんざらでもなさそうだった。台中に住んでいる彼の両親や兄弟からも、やはり「変だよ」と笑われる時があるけれど、咎(とが)められることはなかったし、むしろ可愛がってもらえている印象のほうが強かった。

「劉、あともう何日？」

ココアを飲みつつ、麗麗が尋ねる。麗麗は親しみをこめて、劉さんを「劉」と呼ぶ。

「もうあと、十二日。まだまだ遠いね。両手の指からはみ出る数字」

おどけて返しはしたものの、残り十二はなかなか多いし、遠くに感じる。

本当に早く帰ってきてほしいと思う。

麗麗がいてくれても、そこはかとなく寂しい。

とはいえ、こんな寂しさを感じられることさえも、美琴にとっては幸せなことだった。寂しささえも幸せと感じられる今の暮らしが、美琴はとても好きだった。

寂しく切ない日々も含めて、こんな暮らしが末永く続いてほしいと希(こいねが)う。

「買い物行く？」

ココアにふぅふぅ息を吹きかけながら、麗麗が言う。

気持ちが塞ぎそうになった時の気分転換は大事である。きっと察してくれたのだろう。

「お菓子が欲しいんでしょう？」と誤魔化しつつも「うん、行こっか」と答える。

「チョコが欲しい」と言う麗麗に「小さいやつならいいよ」と応じ、それから頭の中に買い物リストを作っていった。いつもの食料品を補充するだけで間に合いそうだった。

ココアをすする麗麗の肩をそっと優しく抱きしめても、気持ちはかなり上向いていく。

この娘との暮らしも、どうか末永く続いてくれますように。

「幸せになりたい」と願うことがなくなった代わりに「この幸せが続きますように」と願えるようになった自分の心を俯瞰して、美琴は改めて今の自分がどれほど幸福なのか、自信を持って思い抱けるようになっていた。

# ブレインメイト

水原さんは以前勤めていた会社で、パワハラ被害を受けていたことがある。

相手は同じ部署の上司。入社してすぐに目を付けられ、仕事で些細なミスをするたび、恫喝に等しい暴言（「死ね」や「殺す」を含む）を浴びせられたし、ミスをしなくてもこちらの態度が気に喰わないとか、あるいは自分の腹の虫の居所が悪いのを理由にして、ねちねちと心ない言葉を吐かれ続けた。

連日、暗い気分で通勤を繰り返していた、ある時のこと。

帰りの電車の中で、ふいに頭の中から声が聞こえてきた。

「あのクソ親父、マジでムカつくよな」

上司を罵る内なる声は自分の声だったが、自分の意志から出てきた台詞ではなかった。

不審に思いながらも「まあね」と返すと、「だよな」と答えが返ってくる。

会話が成立した。「君はなんなの？」と尋ねると「俺は俺だよ」と声は言った。

以来、上司に怒られるたびに、頭の中の「俺」と話して、憂さを晴らすようになった。

どちらかと言えば気弱で消極的な水原さんと違い、「俺」は気丈で好戦的な性分だった。

創意に富んだ表現で上司を小気味よく罵る「俺」の言葉は聞いていて飽きることがなく、心地良く、水原さんを大いに励ます役目を担ってくれた。


「俺」と語り始めて一年近くが経った、ある日のことである。

この日も些細なことで上司に怒鳴りつけられた。汚い言葉で罵り始める上司を竦んで、伏し目がちに耐え忍んでいると、ふいに「俺」が頭の中で声をあげた。

「やっちまうか、こいつ？」と言う。

「できるわけないだろ」と返したとたん、水原さんの肩口から浅黒い腕がにゅっと伸び、上司の襟首をがっしと掴んだ。上司が「わっ！」と声をあげ、水原さんも悲鳴をあげる。

腕はすぐに水原さんの背後へ引っこんで、あとは声が聞こえてくることもなかった。

この一件以来、水原さんは「俺」に愚痴をこぼすことをタブーとしている。

今のところ、「俺」が勝手に話しかけてくることもないという。

# サリアちゃん

星奈(ほしな)さんが小学時代の話である。

同じクラスの同級生に理香(りか)ちゃんという女の子がいた。

彼女とは幼稚園の頃から一緒だったのだけれど、かなり変わった性格をしていたので、仲良く遊んだことはほとんどなかった。

たとえばお遊戯の時間では勝手なルールを思いついて周りに強要しようとしてみたり、自分の役目を放棄して独り遊びを始めてみたりと、やりたい放題。

休み時間は他の子が「遊ぼう！」と声をかけても、その時の気分次第で怒りだしたり、むくれたりしてしまうので、しだいに彼女を構う子はいなくなってしまった。

そんな理香ちゃんの唯一の友達は、サリアちゃんという女の子だった。

彼女の住まいは、理香ちゃんの頭の中。要は実在する女の子ではない。

サリアちゃんは巻き毛の長い金髪で、頭のうしろに大きな赤いリボンを結わえている。服装はお姫さまみたいなふりふりしたドレスか、ジャンパースカートが多かった。

理香ちゃんは休み時間になると、落書き帳にしょっちゅうサリアちゃんの絵を描いて、得意げに講釈を垂れながらみんなに見せたり、絵に向かって話しかけたりしていたので、その存在は星奈さんもよく知るところだった。絵に向かって話しかけるばかりではなく、すぐそばにサリアちゃんがいるかのように、ひとり芝居の会話に興じることもままあり、そうした姿は幼心にも背筋が粟立つような不気味なものに感じられた。

斯様な気質や行動は小学校に進学してからも治まらず、むしろ悪化の一途をたどって、周囲の子たちにますます遠ざけられるようになる。学年があがっていくのに正比例して、理香ちゃんはクラスでも学校全体でも、ほとんど孤立した存在になっていった。

こんな変わった女の子に率先して関わろうとするのは、からかい目的の子だけである。

星奈さんが四年生の時だった。放課後、校内の廊下を歩いている時に事件は起きた。

星奈さんが友人とふたりで図書室へ向かっていると、その行く先にある放送室の前で理香ちゃんが他のクラスの女子たちに囲まれているのが見えた。

理香ちゃん以外は、いずれもにやにやした笑みを浮かべている。

「そんなに言うなら出てきてもらえよ、強くて怖いサリアっちに」

女子のひとりが理香ちゃんの額を指で小突きながら言う。他の女子らもそれに続いて
「出せよ！　出せよ！」と囃し立てた。

くわしい経緯こそよく分からなかったが、日頃から素行と性格のよくない女子たちが、件のサリアちゃんをダシに理香ちゃんを脅しつけているのは明白だった。

理香ちゃんはもそもそとした小声で「こんなことでサリアちゃんは出てこない」とか、「お前たちのことを笑って見てるだけだし」とか、反論の言葉を吐き連ねていたのだが、そうした買い言葉の数々は、まもなく女子たちの無益な闘争心に火をつけてしまう。

「うっせえんだよ、このクソガキ！」

先ほど理香ちゃんの額を小突いた女子が、今度は平手で頭をぺしゃりと叩いた。

それに続いて他の女子らも力をこめた掌底で肩を押したり、上靴の先で脛を蹴ったり、耳たぶを引っ張ったりと、見るに堪えない暴力を一斉に振るい始める。

理香ちゃんは初めのうちこそぐっと顔をしかめて我慢していたが、いくらも経たずに深く項垂れ、すんすんと鼻を鳴らして泣き始めてしまった。

先生を呼んできたほうがいいかも……。青ざめながら星奈さんが思いかけた時だった。

「調子に乗るな」

廊下の頭上付近に備えられている校内放送用のスピーカーから、甲高い声が木霊（こだま）した。それはかろうじて女の子の声と分かるものだったが、声音はプラスチック製の喉から放たれたかのように無機質で、なおかつ頭の芯がぞっとするほど冷ややかなものだった。

「なんなの？」

女子の誰かがつぶやいた直後、最初に理香ちゃんを小突いた女子が金切り声をあげた。見ると彼女の手首は、赤い布切れで手錠よろしく、両の拳（こぶし）をぴたりと貼り合わせる形で縛りつけられていた。誰の仕業であっても不可能な芸当だったが、星奈さんは直感的に赤い布きれの正体はリボンだろうと思ってしまう。サリアちゃんの赤いリボンである。

理香ちゃんは未だべそを掻き続けながらも、取り乱す女子たちを見つめる目つきには、陰気な満足の光が宿っていた。

それからひと月近く経った頃、理香ちゃんは難しい脳の病気を患い、長い入院生活を送ることになった。その後は二度と登校してくることはなかったので、入院後に彼女の容態がどうなったのかについては、分からずじまいだったそうである。

# 異少年

都内で会社勤めをしている井沢(いざわ)さんが、関西地方のとある県に出張した時のこと。

夜の遅い時間に仕事が終わり、宿泊先のビジネスホテルへ向かうために乗った電車は、終電間際というせいもあるのか、乗客の姿はまばらだった。

並列シートの手頃な場所に腰をおろしてうとうとしかけていると、三つ目に停まった駅で小山のように太った女性が同じ車両に乗りこんできた。

年頃は五十代の前半辺り。体重は少なく見積もっても九十キロ超、あるいは百キロを超えている可能性もあった。顎の肉が鎖骨に貼りついて、首がないように見える。

巨大な身体つきにも大いに驚かされたが、彼女のファッションセンスも凄まじかった。

パステル調の淡い水色に染めたおかっぱ頭に、ゼブラ柄のワンピースという装いである。

井沢さんのセンスでは何をテーマにした服装なのか、皆目見当もつかなかった。

女性は井沢さんが座る斜め向かいの席に座った。かなり近い距離である。

とはいえ、あまりじろじろ見るべきではないし、見る必要もない。自制心を働かせた井沢さんは女性が座るのを見計らうと、自分の膝に向かって目を伏せることにした。

ところがまもなくすると、視界の端に違和を感じるようになってくる。

なんだか目の前にある人影が増えたような感覚で、気配も増えたような気もする。

次の駅にはまだ停まっていなかったし、別の車両から誰かが移ってきた様子もない。

視線をあげた瞬間、ぎょっとなる。

件の太った女性の背後に見知らぬ少年の姿があった。

長めに伸ばした髪の毛を茶色に染めた高校生ぐらいの少年で、アイドルと言われても納得しそうなほど、端正な顔立ちをしている。

そこまではいいのだが、問題は少年の居場所だった。

少年は太った女性の左肩のうしろから、斜めにぬっと胸の辺りまでを突きだしていた。

女性の背中はシートの背もたれにぴたりと貼りついているので、どんなに目を瞠(みは)っても女性の背後に少年の胸から下が存在できるスペースはない。

信じられない気持ちで見つめているうちに、ふたりの顔が同時にこちらを向いた。

とたんにふたりとも、両目を丸く剝きだした驚きの表情に切り替わり、女性のほうは薄く開いた口から「げっ」と蛙のような声を漏らした。

井沢さんの口からも「んあっ」と変な声がこぼれたが、他に言葉が続かない。

続いて得体の知れない少年が、女性の背中の陰にさっと身を引っこめる。

物理的には絶対無理な場所へ身を引っこめたのだが、少年の姿はシートの背もたれに貼りつく女性の背中の陰に消えて、すっかり姿が見えなくなってしまった。

高まる緊張に耐えきれず、井沢さんが再び視線を自分の膝に向かってさげたところへ車内のスピーカーから次の停車駅を告げるアナウンスが流れた。

女性は電車が速度を緩め始めるなり、猛然とした勢いで立ちあがり、ホームに着いて扉が開いた瞬間、飛びだすような動きで外へと一目散に駆けだしていった。

ホームを必死の形相で駆けずりながら、彼女が車窓を隔ててこちらに顔を向けた時に一瞬見せた、恨みがましいような鋭い目つきが今でも忘れられないという。

# 我が出た

初めての海外出張。
宿泊先に到着後、日本の自宅に電話を掛ける。
不機嫌そうなそぶりで通話に応じたのは、自分自身の声だった。

# 青い馬を探して

「小籠包が食べたいな」

夕暮れ時、リビングでジグソーパズルを作っている時だった。

テーブルの縁に屈みこんでいた麗麗（リーリー）が、子猫のようにきらきらした目で訴えてきた。

「冷凍の？」

わざと答えを外して答えると、麗麗は上唇をぎゅっと突きだし、「違う。夜市の」とつぶやいた。意地悪をしたつもりはなかったのだけれど、よくない答えだったなと思う。

パズルがちょうど、いい按排（あんばい）に進んでいるところだった。図柄はユニコーンと女の子。軽やかな緑に染まる森林を背景に、ユニコーンと青いドレスを着た女の子が佇んでいる。十歳くらいの女の子で髪の毛は金色だったが、どことなく麗麗に雰囲気が似ていたので、飛びつくように買い求めた。総ピースは二千。作り始めて三週間ほどになる。

「夜市の？」と美琴が問いを返すと、麗麗は弾んだ声で「夜市の！」と返し直した。

（知ってたよ。可愛らしいおチビさん）

心の中でひとりごち、笑みを浮かべて思案を始める。

二日前に買い出しを済ませていたので、冷凍物の小籠包を含め、食材は充実している。だが夕飯の献立は考えていなかった。さらには今日じゅうに使いきらなければならない生モノ系の食材も、冷蔵庫には入っていない。

昼過ぎから取り掛かっていたパズルは、五時間ほどでおよそ二百ピースを嵌めていた。残りはざっと見積もり、五百ピースほどだろうか。

今日はすこぶる勘が冴えていたので、できればもう少し続けていたかったのだけれど、目がしょぼしょぼと疲れ始めてきているのも事実だった。

時刻はそろそろ午後六時。お腹はそんなに空いてはいなかったが、今から出発すれば到着する頃にちょうど食欲が出てくるタイミングではないかと思う。行きつけの夜市は、歩いて二十分ほどの距離にあった。「仰せのままに」と心を決める。

「じゃあ、行こう。夕飯は小籠包に決定！」

美琴が告げると、麗麗は「やった！」と叫んでぴょんぴょん跳ねた。

この日の気温は十九度。昼間は曇っていたが、夜の帳がおりた闇空は晴れていた。

通りを歩くさなか、時折吹きわたる夜風にわずかな寒気を感じたものの、今の時季の日本の気温に比べれば、これでもだいぶ暖かいはずである。

台湾にも一応、四季はある。長めの夏と冬があり、短い秋は今月いっぱいで幕を引く。とはいえ日本の四季ほど、気候や景色の彩りが移ろうさまははっきりとしていない。

道中、麗麗とおしゃべりをしながら歩いたが、言葉は心の中で交わし合った。

一方、麗麗自体は、羽織った上着の中にいる。基本的には懐に隠れているのだけれど、時折周囲の様子をうかがいながら、そっと顔をださせることもある。

タルパは不可視の存在とはいえ、例外的なこともあった。要は幽霊などと同じである。それなりに霊感が強いか、特異な勘が鋭い人には、視える場合もあるのである。

過去に二度、市中でおそらく、麗麗を視られたことがあった。

一度目はスーパーへ買い物に行った時。麗麗と並んでお菓子コーナーに佇んでいると、近くを通りかかった若い女性が「ひゃっ！」と声をあげて、小走りに去っていった。

去りゆく彼女の視線は美琴にではなく、お菓子を眺める麗麗のほうへ注がれていた。

二度目は劉さんと映画を観にいった時。上映中、前列の斜め前に座る男性の後頭部が、もそもそと頻(しき)りに動きだした。なんだろうと訝(いぶか)しんでいるさなか、こちらへ首を向けたその男性の顔には、驚きと戸惑いが入り混じった相がありありと浮かんでいた。

ついでに彼の視線は、美琴の懐から小さな顔を突きだす、麗麗のほうへ注がれていた。

こうした不測の経験を踏まえ、外での麗麗の立ち回りには、細心の注意を払っている。いくら無害の存在とはいえ、見知らぬ人を無闇に怖がらせるのは本意ではない。

予定どおり、二十分ほどで夜市の入口へ到着した。営業が始まってまだまもないにもかかわらず、灰色の石畳が敷かれた狭い通りは、すでに大勢の人で賑わっている。

甘味を扱う屋台が見えると、心の中で麗麗がもじもじしながら囁(ささや)いた。

「美琴、豆花(トウファ)は？」

「豆花も食べるの？」

「うん、食べたい」

「じゃあ、食後」と答え、いつも利用している小籠包の専門店へ向かう。

お腹のほうも予定どおり、夜市へたどり着く頃にはだいぶ「欲しがり」になっていた。軽く済ませるつもりだったのだけれど、食後の豆花も含め、多めに楽しむことにする。

八個セットの小籠包と一緒に、酸辣湯(サンラータン)も注文した。楕円形の細長い皿の上に供された小籠包は大振りで、金柑(きんかん)ぐらいのサイズがある。酸辣湯も丼の縁からこぼれそうなほど、なみなみとスープが注がれていた。

小さな小籠包は、逆さにしたのを丸ごと口に放りこんで皮を噛む。中から熱いツユが出てきたら、ふぅふぅ息を吐きつつ舌の上で転がし、少しずつ冷ましながら食べていく。これは本来の小籠包の食べ方ではないらしいのだが、美琴はこの食べ方が好きだった。劉さんにも「火傷(やけど)しちゃうよ」と笑われるのだけれど、今さら改める気にはなれない。

だが、こちらの店の小籠包はサイズが少々大きくて、食べ方を変えざるを得なかった。素直に本式とされる食べ方で楽しんでいく。

まずは小籠包の尖った頭の部分を箸で掴み、小皿に注いだ醤油と黒酢のタレにつける。続いて左手に持ったレンゲの上に小籠包をのせ、箸で皮の一部をそっと破る。中から出てきた熱いツユがレンゲを満たしたら、レンゲの縁に口をつけてツユを飲み、最後に挽肉の餡が内包された小籠包そのものを、少しずつ齧りながら食べ進めていく。

この食べ方も美味しい。確かに食べ方も美味しいけれど、そもそもこの店で供される大きな小籠包自体が最高に美味しいのである。夜市の小籠包は、常にこの店一択だった。

麗麗とふたりで「美味しい！」「熱い！」「美味しい！」「熱い！」を反復しながら、ひとつ残らず小籠包を平らげる。酸辣湯も完食したので、お腹はすっかり満腹になった。食後の甘いお楽しみは別として。

先ほどの甘味屋台へ引き返し、豆花を頼む。軒先に備えられたテーブル席で食べた。甘いシロップに浸された純白の豆花は、絹豆腐よりも若干柔らかく、ふるふるとした食感とつるんとした喉越しが心地いい。小鉢の中に一緒に添えられた豆類とフルーツも単なるアクセント以上の存在感と量感があって、飽きることなく食べ進めていける。

心の中で談笑しながらそろそろ豆花を食べ終える頃だった。麗麗が唐突につぶやいた。

「ねえ美琴、青い馬を探しにいかない？」

それを聞いて美琴は「ああ」と漏らす。

「うん、この前から時間も経っているし、探しにいってみる価値はあるかもね」

つかのま思案したのち、美琴は快く同意した。

麗麗が言っている「青い馬」というのは、正確には青い馬の置物だった。

二ヶ月ほど前から麗麗は、青い馬の置物を欲しがるようになっていた。

理由は本人にも分からないという。ただ、青い馬が好きだから欲しいとのことだった。

とはいえ、単なる青い馬の置物では駄目なのだという。たとえば玩具の青い馬は駄目。キャラクター商品として売られている塩ビ製や、空気で膨らませるタイプの馬ではない。麗麗が求めているのは陶器や木で作られた、リアルな作りの青い馬なのだという。

大きさは問わないし、ポーズも問わない。値段も問わない。作りと材質が本格的かつ、麗麗が「これだ！」と思える馬が、ふたりの探し求める正解の馬だった。

夜市の通りからしばらく歩いた距離に、大きな雑貨市場がある。陶芸品を専門に扱う店もあったし、木工品を専門に扱う店もあった。他にも売れそうな物なら種別を問わず、なんでもござれで扱う店もたくさんあったので、探すこと自体に不便はしなかった。

問題は麗麗が望む馬どころか、青い馬の一頭さえも見つからないということである。

これまでに二度、先月の初め頃と終わり頃に市場を訪ねていたが、普通の馬の置物はたくさん目に入ってくる半面、市場の中で青い色をした馬を見かけることは皆無だった。

市場の他にも市中の骨董店や陶芸店を覗いてみたこともあったのだけれど、こちらも成果はゼロ。ネットで調べてみても、麗麗のお眼鏡に適う馬は見つからなかった。

ちなみに劉さんには相談していない。青い馬の置物は美琴の趣味ではなかったからだ。不用意に助けを求めて麗麗の存在を気取られ、余計な心配をかけたりしたくなかった。

麗麗もそれで構わないということで、目下のところ、ふたりで探しているのである。

時刻は七時三十分過ぎを差していた。帰りは少し遅くなりそうだけれど、雑貨市場が閉まるまで、十分時間はありそうだった。

市場の店は商品の移り変わりが早い。露店や屋台で営業している店などは、店自体の移り変わりも激しかった。日にちを置いて訪ねれば、自ずと新たな商品に巡り会えるし、いつかはお目当ての青い馬に出会える日も来るかもしれないという希望があった。

夜市からさらに三十分近くをかけ、雑貨市場へたどり着く。

夜市と同じく、狭い通りは大勢の人でごった返していた。全体的な規模は夜市よりもはるかに大きい。本通りから横にそれた脇道や、本通りよりもさらに狭い路地の中にも数えきれない雑多な店が軒を連ねている。

まずは毎回物色している陶芸店と木工品店に入った。小さな期待はあったのだけれど、目当ての馬はいなかった。

続いてリサイクルショップにも入ってみたが、成果は同じ。路上に並ぶ店の商品にもひとつひとつ目を光らせながら丹念に見て回ったものの、やはり青い馬は見つからない。

そこで今度は、市場の奥まった区画へ足を延ばしてみることにした。

本通りから一本曲がった脇道へ向かい、さらに横へと折れる脇道に入って歩いていく。先へ進むにつれて　初めて見る店の数は増えたのだけれど、目ぼしい店を覗いてみても望む成果は得られなかった。

「どうしよう。今回はこれくらいにしておく？」

本通りよりもさらに窮屈で寂しげな路地を歩くさなか、心の声で麗麗に尋ねてみると、「うん、そうしよう。また今度」と返ってきた。そろそろ切りあげることにする。

「帰ったらもう少しだけ、パズルをしてもいい？」

「ダメ。お風呂に入ったら、もう寝よう」

確かに歩いて少し疲れていた。考えてみればパズルよりも、お風呂のほうが望ましい。

「そうだね。そうしよっか」

答えて元来た道を引き返し始めた時、「すみません」と日本語で声をかけられた。

振り向くと、路地の端にひとりの女性の姿があった。

歳は四十代の中頃だろうか。緩やかなウェーブのかかった長い黒髪を両肩から垂らし、上は銀色の刺繍が入った白いブラウスに身を包んでいる。

彼女は黄色い布が敷かれた小さな机の上に、両肘を横たえながら座していた。

「日本の方ですよね？」

少しだけ調子の外れたイントネーションで、女性が美琴に尋ねてくる。

「はい。そうですが……」

心の内では躊躇(ためら)いが生じたものの、ほとんど反射的に答えてしまう。

「よければ少し、お話しするはできません？」

こういう時、美琴は即座に「結構です」と言うことができない。たとえ断るにしても、できるだけ柔らかな言葉で断ろうと考えているうちに、頭が時間切れを起こしてしまい、一応は相手の要求に応じてしまいがちである。この時もそうだった。

彼女が陣取る机の前まで歩み寄り、「なんでしょうか？」と声を返す。

「わたくし、見てのとおりの占い師をしてます、麻春美(マーチュンメイ)と申します」

開いた両手で示した机の上には、艶やかな黒みを帯びた小皿や小さな壺が並んでいる。メモ帳らしき紙束に、黒と赤のボールペンといった筆記用具も置かれていた。

「さっき、目の前歩いていくのを見た時、気になるようなご縁を感じてしまったんです。戻ってきてくれて嬉しい。よければ占い、していきませんか？」

やはり両手で机上に並ぶ道具を示しながら、春美と名乗った女性が言う。

「いえ、せっかくですけど遠慮します。急いでいますので」

ようやく断りの言葉を返すも、春美のほうは「どうかどうか」と食い下がる。

台湾は占いが盛んな国である。台北にも大勢の占い師がいるし、多数の占い師たちが店を構える占いの専門街というものまである。ただし美琴はあまり関心がなかった。

それは霊能師をやめ、今後の人生はただの人として暮らしていきたいという気持ちも、理由のひとつに含まれる。神秘や怪奇にまつわる事象になるべく触れたくなかったのだ。例外なのは麗麗との関係と、現役時代に縁が結ばれた同業者らとの旧交だけである。

さらに加えて、占ってもらいたいこともない。たとえ一秒先の未来が分からなくても今の美琴は不安に感じることなどなかったし、一秒先から続く未来が白紙だとするなら、その白紙の上に自分の思いと願いをしっかりと書きつけて、自分が望むとおりの未来を精一杯実現させていきたいと考えている。

だから占いには関心がなかったし、わざわざ占ってもらう必要性も感じていなかった。

とはいえ、ありのままにそんなことを伝えて誘いを断るのは、本職の占い師に対して無礼千万ということもわきまえている。ゆえに本音は語らず、「急いでいます」という体だけ装って、この場を無難に切り抜けようと努めた。

辛抱強く遠慮の言葉を連ねていくうちに、春美も次第に誘う言葉の勢いを弱めていく。「ぜひぜひ！」や「ちょっとだけです！」といった言葉に変わって、「そうですかあ……」「悪気ないです……」といった言葉が徐々に増えていった。

そうして不毛なやりとりが、ようやく収まりかけてきた頃である。

「ではせめて、握手をお願いできますか？　お近づきの印。そしてお詫びの印です」

春美が美琴に向かって両手を差しだしてきた。

手のひらは上を向き、ひらひらと上下に揺れている。握手の申し出というよりむしろ、美琴の目には「おいでおいで」と示しているように見えた。

動機がどうであれ、見知らぬ他人と握手をする気にはなれない。市場の奥手に面した狭い路地は人の往来も少なかったし、身の危険も感じた。そろそろ潮時だろう。

「お気持ちだけで結構です。失礼します」

軽く、そして素早く会釈をし、踵を返す。最前までの調子だと、背中を向けてからも声をかけ続けられるだろうと思っていたのだが、読みは意外にも外れてしまった。

「ああ、そう。残念。ごめんなさいね。気をつけて……」

ぽつぽつと、か細い声が背中に短く届いてきただけで、あとはもうそれっきりだった。

「変な人」

本通りに向かって路地を引き返すさなか、眠たそうな声で麗麗が言った。

「そんなふうに言わないの」

静かに窘めはしたが、麗麗の感想は短い言葉で的を射ていた。確かに変な人である。

市場の中には彼女の他にも、露店で商売をしている占い師が何人もいた。海外からの観光客も大勢訪ねてくる場所なので、日本語が話せる占い師もそれなりにいる。

見た目で判断がつくものなのか、それとも霊感めいたもので感知しているものなのか、事情は判然としなかったが、以前も何度か日本語で占い師に声をかけられたことがある。だから春美に「すみません」と呼びかけられても、特別驚くことはなかった。

美琴が驚きよりも強く感じたのは、むしろ戸惑いのほうである。次いで幽かな不安も。

市場の占い師からあんなにしぶとく誘いを受けたのは、今回が初めてのことだった。

邪推をするなら、単なる日本人目当てのお金稼ぎが目的だったと考えられなくもない。けれども彼女にそうした不純な動機がなかったとしたらどうだろう。

どちらであるかという判断は難しかったが、仮に後者だったと考えるならどうだろう。思案を始めると美琴の胸中には改めて、冷たく怪しい不安が湧きたってしまった。

先刻、春美が発した言葉を思いだす。すなわち、「気になるようなご縁」である。

彼女は美琴にどんな「縁」を感じ、果たして何が気になったというのだろう。

この先何か、悪いことが起こらなければいいけれど——。

思うともなく浮かんできた所感に背筋が強張り、すぐに「いけない」と気を取り直す。根拠のない不安に怯えるのは馬鹿げたことである。「気のせいよ」と切り返る。

そこで右手に紙切れを持っていることに気がついた。春美とやりとりをしている時に彼女から渡された名刺だった。赤い紙地に白いインクで、彼女の名前と携帯電話の番号、メールアドレスが記されている。住所はなかったので、露店で仕事をしているのだろう。

他には、小鬼のようなキャラクターの顔もあった。

毛のない頭部の両側に鋭い角を二本生やし、虎のように瞳の細い目を見開かせている。顔は横書きに刷られた春美の名前の左側にあった。ロゴマークのようなものだろうか。

「どうしよう?」

名刺の扱いについて麗麗に尋ねたけれど、返事はなかった。眠ってしまったのである。ゆっくり寝かせてあげようと思い、それ以上声をかけるのはよした。

半ば無意識に名刺をバッグのポケットに詰めこむと、美琴は薄暗い路地をあとにした。

# 試される結果に

十年近く前の話になるという。恵菜子(えなこ)さんが彼氏とドライブに出掛けた時のこと。向かった先は、関東の某県にある観光地だった。

昼頃から目ぼしい観光スポットを巡って回り、帰途に就いたのは深夜に近い頃だった。

そのさなか、彼氏が急に「神社に寄っていこう」と持ち掛けてくる。

帰り道の途中に縁結びで有名な神社があるのだという。すでにふたりの縁は結ばれて久しかったのだが、彼氏のほうは「今後も末長いお付き合いを」祈願したいのだという。

悪い気はしなかったので、誘いに応じることにした。

ほどなく着いた神社は、さすがに時間も時間である。鳥居の向こうは濃い闇に包まれ、空気が凍りついたかのように静まり返っていた。彼氏が持った懐中電灯の灯りを頼りに、息を呑みつつ鳥居をくぐる。

目の前に長々と延びる参道を歩き始め、正面に暗くぼやけて見えていた拝殿の輪郭が徐々にはっきり見え始めてきた頃だった。

拝殿の陰から白い人影が、ふらりとよろめくような動きで踊りだしてくる。

見るとそれは、白い上衣と緋色（ひいろ）の袴（はかま）を穿いた巫女（みこ）さんだった。

さらによく見ると、巫女さんの顔は餅のようにのっぺりしていて、目も鼻も口もない。

恵菜子さんが「ひゃっ！」と声をあげたとたん、巫女さんは弓で射られたかのような凄まじい勢いで、こちらに向かって駆けだしてきた。

彼氏と一緒にすかさず踵を返して逃げだしたのだが、彼氏が駆けずる足取りのほうが、恵菜子さんの足より数段速かった。背中がぐんぐん先に離れていってしまう。

「待って！」と叫んでも彼氏は振り向きもしなかった。そうしているうちに背後からは参道の石畳を蹴りつける「ばたばた！」という足音が迫ってくる。

すんでのところで鳥居を抜けだし、肩越しに背後を振り返ると、顔のない巫女さんは鳥居と外の境目辺りで、四方に「ぽん！」と粉が弾けるような感じで姿を消した。

恵菜子さんは這う這うの体で近くに停めてあった車に帰り着くと、先に車内に戻って震えあがっていた彼氏に平手打ちを喰らわせ、この日をもって別れたそうである。

# 大騒ぎの夜

数年前の秋口、堀江（ほりえ）さんが彼女とふたりでキャンプへ出掛けた時の話である。

ふたりきりの時間を満喫するため、宿泊地は人気（ひとけ）が少なく静かな場所がいいと考えた。

そこで選んだのは、地元からかなり離れた距離にある森の中のキャンプ場だった。

午前中に車で到着すると、紅葉の帳が広がる景色の中に他のキャンパーは見当たらず、辺りは森閑とした空気に包まれていた。聞こえてくるのは。地面の落ち葉を踏みしめる自分たちの足音だけである。

堀江さんとしては狙いどおりの環境で満足だったのだが、彼女のほうは渋い顔をして
「なんだか気持ち悪いね……」とつぶやく。

人の姿は見えないくせに、どこからともなく幽かに気配だけは感じるのだという。

それも複数。あまりよくない気配だと彼女は言った。

彼女は霊感の強い人だった。堀江さんはそうしたものを信じる質ではなかったのだが、到着早々、暗い声音でそんなことを言われると、あまりいい気はしなかった。

楽しい気分を取り戻すべく、さっそく食事の準備を始め、バーベキューを楽しんだり、付近の散策をしたりして時間を過ごす。

初めのうちは周囲に警戒するそぶりを見せていた彼女も、やがて時間が経つにつれて態度を軟化させていった。

日没後、夕飯を済ませると、あとは酒を呷るぐらいしかすることがなくなってしまう。彼女も少し疲れた様子だったので、テントに入って早めに休むことにした。


それからしばらくした頃、堀江さんはテントの外から聞こえる笑い声で目を覚ます。声は男たちのものだった。

数はおそらく四、五人ほど。げらげらと耳障りな高声で笑っている。

自分たちが寝ている間に、別のグループがやって来たのだと思った。

日中、彼女に言われたことが、実はそこはかとなく気になっていたので安堵する。

だが、まもなくすると今度は彼らの声が耳につき、しだいに苛立ちが募っていく。

男たちは絶えずげらげら笑いながら、「マジかよ!」「やべえ!」「うける!」などと粗野な言葉を交わし合っている。口調から察して、品のいい連中とは思えなかった。

距離は自分たちのテントからさほど離れていない感じがする。ならば向こうの連中も、こちらの存在に気づいていないはずはない。

それなのに声は異様に大きく、こちらに対する配慮がまったく感じられないのである。

ひと言注意してやらなければ治まらなくなり、寝袋を抜けだして身体を起こす。声を聞いていると苛立ちはますます加速し、ついには耐え難い怒りへと変わった。

そこへ隣で寝ていた彼女も起きだし、「ダメよ」と言って堀江さんの腕を掴んだ。

「大丈夫だよ。うまい感じで言い聞かせてくるだけだから」

静かに応えるも、彼女は堀江さんの腕を掴んだまま、「絶対行かないで」と繰り返す。その顔色は真っ青になり、目には涙が浮かんでいた。

「そういうんじゃないの」と彼女は言う。

「どういう意味?」と尋ねると、彼女は「生きている人間じゃない」と答えた。

彼女はすっかり怯えて縮こまっていたが、外から聞こえてくるのは、明らかに人の声。まかり間違っても、お化けの声とは思えなかった。

「そんなわけないから」と言い聞かせ、懐中電灯を片手に外へ出た。

相変わらずげらげらとけたたましい笑い声を頼りに、暗く染まった闇の中を歩きだす。ところが声は大きく耳に聞こえど、男たちの姿が見つからない。

それに加えて、焚き火やランタンが灯す明かりのたぐいすらも見当たらなかった。

声は確かに聞こえてくる。それも鼓膜が少し震えるくらい、でっかく耳に届いてくる。だが、どれだけ気配を探って歩き回れど、声の出処は一向に掴むことができなかった。

「嘘だろう……」と思いながらも、背筋がざわめき始めた時である。

突然、堀江さんのすぐ耳元で「マジかよお！」「ギャハハ！」と男たちの声が轟いた。

悲鳴をあげつつ、テントの中へ駆け戻ると、彼女が両目を真っ赤に泣き腫らしながら、「だから言ったでしょ……？」と囁いた。

昼間は森の奥にいた連中が、夜の闇に乗じて近くまで迫りだしてきたのだろうと言う。

今度は彼女の言葉を否定しなかった。「静かにしてれば大丈夫だと思うから」という意見に従い、ふたりで肩を寄せ合いながらテントの中で震え続けた。

声はそれから実に三十分近く、闇夜のキャンプサイトの至るところで轟き合ったあと、しだいに森の奥へと向かって遠のいていき、やがてすっかり聞こえなくなったという。

# 姫だるま

睦月（むつき）さんが彼女とふたりで、中越地方の温泉旅館へ泊まりにいった時のこと。

夜更け過ぎ、さわさわと耳に届く不審な音に睦月さんは目を覚ました。

そのまま聞き入っていると、まもなく誰かが音を抑えて囁き合っている声だと分かる。

声の出所を探って視線を向けた先は、床の間だった。

花瓶が置かれた床板の前に男女の姫だるまが並んで、互いに顔を向け合っている。

声はだるまたちが発するものだった。

「どうしてこんなことをしたのよ……」

「すまん、言い訳はしない……」

「『すまん』で済むわけないでしょう。どうしてこんなことをしたのよ……」

「すまん、すまん、本当にすまん……」

女のだるまが男のだるまを責め続け、男のだるまがひたすらそれに謝り続けている。

就寝前、床の間に姫だるまなどなかった。

そもそもだるまが喋ること自体がありえない。

夢でも見ているのかと思ったが、意識ははっきりしていた。そのまま、だるまたちの声を聞いているうちに怖さが募り、睦月さんは今度こそ本当に意識を失ってしまった。

翌朝目覚めると、彼女が変な夢を見たと訴えてきた。

男女の姫だるまが喧嘩をしている夢だという。

尋ねてみると、昨晩睦月さんが見ただるまたちと、ほとんど同じやりとりをしていた。

朝日が射しこむ床の間に、やはり姫だるまの姿などない。

気味が悪いとは思ったが、その後は怪しいことも起こらず、ふたりは宿をあとにした。


それから半年近く経った頃、睦月さんは彼女と別れることになった。

原因は睦月さんの浮気。勤め先の後輩社員に誘われ、一夜の過ちを犯してしまった。

別れ話は、だるまたちがやり合っていた会話の中身と、ほぼ同じだったそうである。

# 紅包(ホンバオ)の件

「ねえ見て、麗麗。あの娘、すっごく可愛いね」

朝食といつものささやかなティータイム（この日はシナモンティーだった）を終えた午前九時過ぎ、美琴はマンションの裏手に面する公園にいた。

鳳凰木の根本付近に備えられたベンチのまんなかに腰かけ、前方に広がる芝生の上で無邪気に遊ぶ若い母娘の様子を眺めている。

母親は二十代の中頃。橙色のカーディガンがよく似合う、笑顔の柔らかな女性である。娘のほうは四歳前後。こちらは白い長袖のブラウスに真っ赤なジャンパースカート姿で、ツインテールに結ってもらった髪の毛を揺らしながら、芝生の上を駆け回っている。

女の子は片腕に猫のぬいぐるみを抱えて走っていた。猫は全身グレイで、目の色は青。走る女の子の動きに合わせて、猫の尻尾もふりふりと揺れる。

　そんな光景をしみじみとした目で眺めていると、そのうち女の子がバランスを崩して、前向きにぱたんと倒れてしまった。すかさず母親が駆け寄り、女の子の前に屈みこむ。

　母親は娘に両手を差し伸べたが、女の子はそれに応じず、小さなふたつの手のひらを芝生にぐっと貼りつけ、ぎこちなくもどうにか自分ひとりの力で立ちあがった。

　やおら立ち終えた彼女は、鼻面を中心に顔じゅうがぎゅっと強張っていたのだけれど、涙を流してはいなかった。母親の「大丈夫？」という声がけに、無言で「うんうん」と二回強くうなずき、それから相棒の猫を胸元に押し当て、両手できつく抱き始めた。

　ほっこり。思わず頬が緩んで、美琴も大きくうなずいてしまう。

　偉いね。自分の力でしっかり立って、泣かなかった。

　美琴は子供が大好きだった。天真爛漫（てんしんらんまん）で無邪気な笑顔や仕草、何をするにも屈託なく、一生懸命な様子を眺めたり感じたりしていると、それだけでしっとりと心が和む。

　思えば年齢的に、自分にもあれぐらいの年頃の子供がいてもおかしなことはなかった。仮に結婚後、すぐに授かったとしても、今頃は一歳ぐらいの子がいる計算になる。

　ただ、子供が好きと感じる半面、これから自分の子供が欲しいかどうかと自問すれば、答えは明確に出てこなかった。

たとえば将来、授かる機会が訪れるのなら、それは喜ばしいと思えるのかもしれない。

けれどもその反対に縁がなければなかったで、別段不足はないと思うのかもしれない。

どうしてそんなふうに捉えてしまうのか。

理由のひとつには多分、両親の死という現実があった。

美琴は小学二年生の頃に、両親を相次いで亡くしている。父は難治性の癌で亡くなり、母は交通事故で逝ってしまった。

両親亡きあと、美琴の親権は父方の伯父夫婦に移り、ふたりに育てられたのだけれど、彼らは好んで美琴を引き取ったのではない。それが証拠に、美琴は彼らから虐待紛いの際どい扱いを受けつつ、過酷な少女時代を過ごすことになった。伯父夫婦という存在は、小学時代に受けた虐めに加え、美琴の心に麗麗が生まれた理由の一翼も担っていた。

こうした過去があるゆえに、自分が子供を持つということに意欲が停滞するのだろう。

もしも自分が子供を授かって、その子が幼いうちに自分が死んでしまったとしたら?

あるいは自分と劉さんが同時にいなくなってしまったら?

そんなことを考え、残された子の境遇を想像すると、前向きな気分にはなれなかった。

明るい未来を想像しようとしても、悲惨な未来も決まって一緒にちらついてしまう。

ならばいっそ、いないならいないで、そのほうが最良ではないかと思うこともあった。たとえこの先、我が子を授かることがなくても、劉さんとずっと一緒にいられるのなら、それだけで美琴は十分幸せだった。

先ほど、自分の力で見事に立ちあがったあの女の子は、今や気持ちのほうもすっかり立て直し、眩しい笑みを浮かべて母親と一緒に手を繋いで歩いている。

数分前の女の子と今の女の子は、同じようで違う存在になったのだろうと美琴は思う。自力で立ちあがり、自分の意志で涙を堪えたあの子は、転ぶ前より少しだけ強くなって、またもう一歩、大人へ近づく成長を果たしたのである。

ささやかだけれど素晴らしいことだと感じ入る。自分もかくありたいものだと思った。

成長と言えば、麗麗の件を思いだす。

しばらく意識をしていなかったけれど、半年前から急に変わってしまった麗麗の服装。パンツスタイルのチャイナ服から、青いワンピースに装いが変わった理由はなんだろう。

年頃のほうも以前は六、七歳の雰囲気だったはずなのに、装いが新たになってからは、確実に一歳ぐらいは成長していた。以前に比べて少し背が伸び、顔つきも若干変わった。立ち振る舞いに関しても、変化する前よりほんの少しだけ、大人びたように感じられる。

タルパは通常、創造主が望まない限り、容姿を変えたり、成長したりすることはない。美琴自身は、これから麗麗が成長していくことを望んでいないわけではないのだけれど、だからと言って明確に成長を願った覚えもなかった。

麗麗に事情を尋ねてみても、答えは結婚後に再び姿を現してくれたあの時と変わらず、「分かんない」とのことだった。気づいたら、服装が変わっていたのだという。

変化が起きた日から、毎日つぶさに様子を観察しているが、その後は今日に至るまでなんらの変化も起きていない。もしかしたら美琴の知覚では認識できない微細な変化が発生している可能性も否めなかったが、少なくとも目に視えて触れ合う範囲においては、姿や内面の情緒も含め、麗麗の挙動に異変は一切見られなかった。

「考えれば考えるほど、不思議だね。本当に理由はなんなんだろう?」

上着の懐にいる麗麗に声をかけたところで、スマホの着信音が鳴った。

劉さんかと思って画面を見ると違った。アイコンをタップして通話に応じる。

「もしもし、美琴さん。実は折り入って、ご相談したいことがあるんですが……」

電話の主は沖宮寧子(おきみやねいこ)。三月ほど前に貿易関係の仕事をしている夫と一緒に、日本から台北へ引越してきた人である。夫のほうは名を正芳(まさよし)という。どちらも四十代前半だった。

ふたりは劉さんが営む、仕事関係の知人だった。「とても気さくでいい人たちだ」と劉さんからの紹介を受けて、美琴もふたりに引き合わされた。

何度か四人で食事をしたり、自宅に招いたりをして親睦を深めた美琴の感想としても、確かにふたりは気さくで、とても感じの良い人たちだと思う。

「お時間よろしいですか?」と尋ねる寧子に「どうぞ」と答え、用件を伺う。

寧子はつかのま、躊躇うような吐息を漏らしたのち、やおら低くつぶやくような声で「自宅に赤い封筒が届いたんです……」と言った。

それが何を指すもので、美琴に何を求める用件なのかは、刹那のうちに合点がいった。昨夜接した占い師の顔が脳裏を掠め、背筋がざわざわと毛羽立つ感じを覚え始める。

これからきっと、良くないことが起きる――。

赤い封筒とは、台湾に古くから伝わる、冥婚に関する風習である。

未婚で亡くなった女性を不憫に思う遺族が、女性の遺髪や写真などを赤い封筒に入れ、路上に放置する。迂闊にそれを拾ってしまった男性は、亡き女性との結婚に同意したと見做され、夫にされてしまうというのが、赤い封筒にまつわる風習のあらましである。

美琴は劉さんとの交際中に、都市伝説のたぐいとして聞かされていた。

話の開口一番、寧子が打ち明けたとおり、此度の赤い封筒は路上で拾った物ではなく、届けられた物なのだという。今朝方、自宅の勝手口に届いていたとのことだった。

沖宮夫妻は台北市の郊外に位置する住宅地に暮らしている。住まいは戸建て。美琴は一度も訪ねたことがなかったが、劉さんは閑静な場所だと言っていた。

封筒を見つけたのは、正芳のほう。不運なことにふたりは赤い封筒にまつわる風習を知らなかった。概要を把握して慄いたのは、事後にネットで検索してからのことである。

封筒の中には黒い髪の毛が一房入っていたという。ただし、生身の人のそれではなく、化学繊維で作られた人工毛だった。

「警察には知らせていないんですか？」

怪しい封筒が自宅に届けられたということは、届けた者が存在するということである。封筒自体の謂れや中身がなんであれ、届け人は住居侵入罪を犯したということになる。

「知らせました」と寧子は答えた。

一時間ほど前に通報し、先ほど自宅にやって来た警官ふたりが帰ったところだという。しかしてその対応は、沖宮夫妻が望んだようなものではなかった。

「単なるイタズラでしょうということで、あまり話も聞かずに引きあげていきました」

自宅に不審物が届けられたといっても、脅迫状や爆発物のたぐいではないとのことで、重くは受け止められなかったのだという。

警官たちも赤い封筒の風習は知っていたが、そんなものはお伽話の一種に過ぎないと冗談めかし、最後は「ご安心なさい」と宥（なだ）めすかされた。

そのくせ、証拠物件として封筒を持っていってもらおうとすると微妙に顔色を曇らせ、すげなく断られてしまった。「そちらで保管しておいてほしい」と言われたという。

「だから封筒、今も家にあるんです。気味が悪いから、できれば処分したいんですけど、どうやって処分したらいいのか分かりませんし、そもそも処分すること自体がいいのか悪いのかすらも分かりません。どうしたらいいんでしょう？」

訊かれても専門外の案件で、美琴にも分からなかった。

けれども寧子が望んでいることは、くわしく言われなくても理解するに至っていた。

「それで不躾（ぶしつけ）なんですが、美琴さん。ご相談に乗っていただくことはできませんか？」

話が流れるままに任せていると、寧子の口から思っていたとおりの問いかけがあった。

美琴は一拍置いて、「分かりました。お伺いします」と答える。

但し「条件つきで」と付け加えたうえで。

美琴の前職については、初対面の折に説明していた。尋ねられたから答えたのである。だからこそ寧子は、美琴に連絡をよこしている。

乗り気であるか否かと自問するなら、少なくとも楽しい気分ではなかった。

だが、冷静に状況を俯瞰してみると、この話は引き受けたほうがいいように思えた。

沖宮夫妻の正芳は、今後も劉さんが仕事で何かと世話になる人である。ということは、美琴にとっても大事な人ということになる。すでに霊能師の職は退(しりぞ)いて久しいとはいえ、名指しで助けを求められているのなら、手を差し伸べないわけにはいかなかった。

それに加えて、昨夜の不穏な一幕もある。

雑貨市場で、しぶといまでに運勢の鑑定を持ち掛けてきた占い師・麻春美との接触は、今日になってこうした流れが来ることとの前触れだったのではないだろうか。

昨夜抱いた漠然とした予感は、やはり当たっていたのではないかと思う。

だからこそ、気乗りのしない話ではある。あれは良からぬことが起きる予感なのだと認識していることなのだから。けれども通話に応じ、寧子の話をあらかた聞いた時点で、事態はすでに動きだしているような印象も抱いていた。

それはすなわち、仮に背中を向けたとしても、格別いい結果は得られないということ。

ならば内助の功ということで割り切ろうと、気持ちを定めることにした。沖宮夫妻の助けになることは、おそらく今後の劉さんのためにもなる。

そう思うと、多少は勇気も湧いてきた。

廃業からのブランクが長かったし、赤い封筒についても、初めて手掛けるものである。果たしてどこまで対応できるか分からなかったけれど、とにかく当たってみるしかない。

寧子には相談に応じる唯一の条件として、少なくとも今の段階においては、劉さんにこのことを内密にしてもらうよう持ち掛けた。

理由は余計な心配をかけたくないから。ただそれだけである。

寧子は二つ返事で了解してくれたし、電話のそばにいるという正芳も同じだった。

交渉がまとまったところで美琴は公園を引きあげ、さっそく出掛ける準備を始めた。

# お土産キャット

伊佐美さんの家では、雄の虎猫を飼っている。レオという名で九歳になる。田舎住まいで、なおかつ周囲の道路は車の往来が少ないこともあり、伊佐美さん宅のレオは長年、外に出ることを許されていた。

夜はどんなに騒いでも外出禁止だが、昼間は出入りを好きにさせている。怪我をして帰ってきたことはなく、隣近所でトラブルを起こすようなこともないため、概ね安心しているのだけれど、レオにはひとつだけ少々困ることがあった。

時々、望まざるお土産を持って帰ってくるのである。

伊佐美さんと家族たちがこれまでいただいたお土産は、鼠、蟬、雀、そして小さな蛇。いずれも口に咥えて帰ってきたのを目にするなり、悲鳴をあげて飛びあがってしまう。

その都度、一応注意はするものの、猫に人の道理は通じない。

猫のお土産行為は飼い主に対する親愛の表れや、承認欲求という話も聞いているので、無下にはあしらわず、丁重に褒めるか、お礼の言葉を述べたあと、哀れなお土産たちは、レオの目を盗んで手厚く処分することにしていた。

けれども過去に一度だけ、どうしても受け取りかねるお土産を持ってきたことがある。

春先の昼下がり、伊佐美さんが庭先で洗濯物を干している時にレオが咥えてきたのは、全体がぼさぼさに毛羽立った藁人形だった。

よく見れば、胸の辺りに錆びた釘も刺さっている。どこから拾ってきたものなのかは見当もつかなかったが、誰かがふざけて作ったものとは思えなかった。

「よそに置いてくるか、元の場所に返してきて」

一応、訴えては見たものの、猫に人の道理は通じない。

仕方なく、強張（こわば）る指でレオの口から藁人形を受け取る。

とたんに伊佐美さんの手の中で、藁人形がびくびくと海老（えび）のように跳ねあがった。

「わっ！」と悲鳴をあげて地面に放り投げると、あとはうんともすんとも言わなくなり、藁人形はこちらをきょとんと見あげるレオのそばで寝そべるばかりだったという。

# シッシー

須江代(すえよ)さんが中学時代のことである。

中学校から少し離れた林の中に、龍が出るという池があった。

厳密には伝説である。

大昔、雨乞いをすると日照りを治めてくれる龍が住んでいたとの言い伝えがあった。

そこから転化して、龍は単に願いを叶えるだけの存在に変わり、さらに時代が下ると神に等しい存在ではなく、池に棲む未確認生物のような属性を帯びるようになった。

須江代さんが子供の頃には、シッシーという名がついていた。

池の頭文字が「し」だったので、ネッシーなどの水棲未確認生物の名称にあやかってつけられたのだろう。威厳のない名で呼ばれる一方、「願い事を叶えてくれる」という言い伝えもそのまま残され、面白半分で池に向かって願いを伝える子たちもいた。

須江代さんは、中学二年生の時に初めて願った。

願い事は、好きな人と結ばれますように。

ひとつ上の先輩に恋をしたのだけれど、告白する勇気が持てず、代わりに池へと赴き、願いを叶えてもらうことにした。とはいえ、本気で叶うと信じていたわけではない。

夕闇迫る放課後、池の淵に佇み、願いを述べつつ合掌する。

願い終えて目を開けると、池のまんなか辺りの水面から何かが伸びているのが見えた。真っ白で細長い形をしたそれは、電信柱と同じくらいの大きさである。

一見すると、巨大なうどんのようにも思えるそれは、頭とおぼしきてっぺんの部分を左右にうねうねと揺らめかせていたが、そこには目も鼻も口もなかった。

「あっ」と思った刹那、それは須江代さんに向かって前のめりに倒れてきた。

そこから先の記憶がない。気づくとよろめく足取りでふらふら家路をたどっていた。

結果的に須江代さんの願いは叶った。数日後、先輩のほうから告白されたのである。

だが、願い事をして以来、須江代さんの視覚には信じ難い異変も生じるようになった。目を瞑るとしばしば、白くて長い線が目蓋の裏を蠢くようになってしまったのである。

当時から二十年以上経った今でも、時折蠢くことがあるという。

# 邪道ムカサリ絵馬

五年ほど前のことだという。

鋪野(しきの)さんが長らくファンを務めていた女性アイドルが、病気の末に亡くなった。

彼女の死後は毎日悲嘆に暮れつつ、自室に貼ったポスターに手を合わせていたのだが、四十九日が過ぎた辺りになると、妙な下心が頭に浮かんできてしまった。

彼女と自分の姿を並ばせた、ムカサリ絵馬を作ってみたいと思ったのである。

ムカサリ絵馬とは、図らずも未婚のままにこの世を去ってしまった故人の無念を想い、婚礼衣装を召した故人と、架空の伴侶の姿を並べて描いた絵馬や額絵などを寺へ奉納し、叶わなかった婚儀を成就させて供養とする、山形県村山地方に伝わる風習である。

こうした供養の風習を、鋪野さんはバーチャル結婚のようなスタンスで取り掛かった。作った絵馬を寺へ奉納する気もなかった。単なる自己満足の世界である。

ＰＣの画像加工ソフトで、白無垢衣装を召した花嫁の姿にアイドルの顔写真を合成し、同じ要領で紋付袴を召した花婿の姿に自分の顔写真を合成した。

これらを寄り添うように並び合わせ、プリントアウトした写真を木の板に貼りつけて、邪道なムカサリ絵馬は完成する。鋪野さんは思った以上の出来栄えに満足した。

それから我が身に災難が降りかかる時までは。

完成した絵馬を自室の壁にぶらさげ始めて二週間ほど経った頃から、夜な夜な枕元に白無垢衣装に身を包んだアイドルが立つようになった。

白粉に染まったその顔からは、かつて鋪野さんを魅了してやまなかった眩しい笑みは消え失せ、代わりに蛇が笑うような凄まじい形相で、寝入る鋪野さんを見おろしてくる。

絵馬はただちに処分したのだが、その後も白無垢衣装のアイドルは鋪野さんの枕元に現れ続け、蛇が笑うような形相でぎろぎろと鋪野さんの顔を見おろしてくる。

彼女が化けて出てくるのではないような気がするというのが、鋪野さんの印象だった。彼女の姿を模した架空の何かが、自分を脅しに現れているのだと考えている。

最近は枕元のみならず、日々の暮らしの端々に彼女が姿を見せることもあるという。

始まりから五年の月日が経った今でも、災禍は絶えることなく続いているそうである。

# 赫怒（かくど）の刻印　序

「これです。何か感じるものがあれば、ご遠慮なくおっしゃってください」

リビングに設えられたサイドボードの上から、寧子が黒いお盆を運んできた。

目の前のローテーブルに置かれたお盆の上には、赤い封筒がのっている。

サイズは長形4号。手紙などを入れる際に用いる、一般的なサイズの封筒である。

赤の色味は封筒元来のものではなく、あとから着色されたものだった。確証はないが、おそらく油性のマジックペンで塗られたものだろう。封筒全体にじぐざぐ模様を描いた太い筆跡が、幾重にも重なり合って残っていた。かすかにインクの臭いも漂ってくる。

人為的に塗り染められた封筒の赤は、元は茶色だったとおぼしい紙地の色と混じって若干黒ずみ、どことなく血の色を思わせる、暗みを帯びた赤へと変じている。

事前に想像していたものよりはるかに強い物々しさに、美琴は小さく顔をしかめた。

沖宮夫妻が暮らす住宅地は、緑の多い場所だった。

狭い道の両側に沿って並ぶ家々の大半に、大きく育った庭木が何本も植えられている。木は家々の塀から道へと向かって、青々と茂った枝葉を競い合うように迫りだしていた。それらがぎゅうぎゅうとひしめいて折り重なるから、道行く先々には色濃い緑が作った天然自然のトンネルが何本もできていた。

現地までの足は電車を使った。最寄り駅から乗り換えなしで三十分も掛からなかった。到着駅には沖宮夫妻が迎えに来てくれ、そこから先は一緒に徒歩で住まいへ向かった。

電車の中では麗麗と車窓を流れる景色を見ながら話をしていたが、目的駅へ着くのと同時に休んでもらった。今は外部からの情報を遮断した状態で、美琴の心の深部にある小さな秘密の部屋にいる。

「中身を検めてみても、よろしいでしょうか？」

美琴の申し出に沖宮夫妻は声を揃えて、「ええ」と応じた。

お盆の上から両手で封筒をそっと掴みあげる。

触れれば何がしか、身体に感じてくるものがあるかと思って身構えていたのだけれど、特にこれといった兆しが現れてくることはなかった。

蓋を開けて逆さまにした封筒をお盆の上で揺すると、「かさり」と乾いた音が鳴って、中から黒い物がこぼれ落ちた。人工毛の束である。

長さは十センチほど。房の幅は二センチ程度。藁苞納豆のように上下の部分がゴムで縛りつけられている。形は藁苞みたいでも、美琴の目には不吉な藁人形のように見えた。

静かに息を整え、髪束に向かって指を伸ばす。髪束のまんなかに人差し指を差し入れ、中を開いてみたが、何も入ってはいなかった。

「どうです？　何か感じるものとか、ありますか？」

不安げな目つきでこちらを見つめる正芳の問いかけに、美琴は言葉を選んで答える。

「これを作った人の念のようなもの……でしたら、薄っすらですけど感じます」

喩えるとすれば、憎い相手に鳥餅のごとくベタベタと粘つく悪意を思う存分擦りつけ、相手が苦しむさまを悦に入って眺めていたい。

髪束に指を差し入れた時、そうした倒錯的な印象が、脳裏に薄く浮かんできた。

だが、言い換えればそれだけである。現役時代にも相談客から持ちこまれた手紙類や不審な物品（大半はストーカーから送りつけられた物だった）を鑑定したことがあるが、髪束に触れた時の印象は、それらと大差のないものだった。

ここまで説明を終えたところで、美琴は根本的な疑問に思い至る。

「不勉強でお恥ずかしい限りなんですけど、赤い封筒の怪異というのは具体的な意味で、関わった人たちにどういった被害が発生するものなんでしょうか？」

封筒の中に入っているのは、未婚のままに亡くなった女性の毛髪や写真といった遺品。それを拾って中を開いた者は、亡き女性と強制的に結婚させられてしまう。

美琴が知っている赤い封筒に関するあらましは、ここまでである。その後にたとえば、封筒を開いた人物が亡き女性の亡霊に付き纏われるとか、祟りのような災禍に見舞われ、不幸になってしまうとか、そうしたような物々しい顛末は耳にしたことがない。

美琴の問いに答えたのは、正芳だった。

「本来の言い伝えというか話のあらすじですと、赤い封筒が放置された場所の近くには、亡くなった女性の遺族が身を隠しているんだそうです。で、現場を通りかかった男性がうまい具合に封筒を拾って中を開けると遺族が出ていって、強引に結婚を迫るんだとか。ネットで調べてみたんですけど、私たちの目に入ってきた情報もせいぜいこれぐらいで、他にくわしいことは分からないんですよね」

曇った面持ちで言い終えたあと、正芳は寧子と顔を合わせてうなずいた。

美琴も電車で移動中、スマホを使って一頻り「赤い封筒」に関する情報を調べていた。結果は正芳が示した答えと同じである。非常識な遺族に無理やり結婚を迫られるという顛末以外に、これといった実害が記載されたページを見つけることはできなかった。

「仮に封筒に関わったことで起こる被害がこれだけだったら、完全な人災ということで、いわゆる呪いや祟りといった要素とは無縁な話になってしまいますよね」

「確かにそうなんです。うちの場合は拾って中を開けてみても、物陰から遺族とやらが出てくることはありませんでしたし、今のところ、家の勝手口に得体の知れない封筒が届いたという事実以外も、特にこれといった被害は発生していないんですけどね」

などと言いつつ、正芳の顔色は晴れてこない。

当然だろうと美琴は思った。ある意味、実証のあやふやな呪いや祟りの被害などより、単に「怪しい封筒が届いた」という事実のほうが、まずもって不穏極まりないのだから。

まさか幽霊が届けたわけでもあるまいし。封筒の表を赤いマジックペンで塗ったのも、中に人工毛の髪束を忍ばせたのも生身の人間だろうし、それを沖宮夫妻の自宅敷地内に忍びこんで届けたのも、やはり生身の人間のはずである。その目的がどんなものであれ、当該人物の行動は一貫して常軌を逸している。

　封筒が届いたことで呪いや祟りが生じる可能性以前の問題として、今後は正体不明の差出人に否応なく警戒せざるを得ないという問題が、すでに発生してしまっているのだ。現実問題だけでも、なかなか身の毛のよだつ状況になっていると思わざるを得なかった。

「差出人について、誰か心当たりになる人はいらっしゃらないんですか？」

　短く息を漏らしつつ、寧子が「いいえ」と答えた。

　この家に越してきてからおよそ三月の間、近隣住民との関わりはほとんどないという。家の両隣に住んでいる家族の苗字と顔ぐらいは知っているが、越してきてまもない頃に軽く挨拶をかわした程度で、以後は没交渉が続いている。

「単に付き合いがないというだけで、近所に住んでいる誰かがわたしたちに悪い感情を持っていないとも限りませんけど、この家に住み始めてから近所の方々と、何がしかのトラブルがあったような覚えもないんです」

　寧子が眉間(みけん)に皺(しわ)を寄せながら、首を捻(ひね)る。

　続いて正芳の証言では、仕事における対人関係についても、犯人像として思い浮かぶ人物はいないとのことだった。台湾に移住してきて以来、仕事はすこぶる順調だったし、仕事で関わる人たちとも親しく付き合わせてもらっているという。

要するに、犯人は一切特定できないということである。裏を返せば近隣住民を筆頭に、ありとあらゆる人物が容疑者になってしまうということでもある。

「封筒から感じるとおっしゃった、念みたいなもの。そこから犯人像を特定することはできないんでしょうか？」

正芳が言った。美琴は「うーん」と小さく唸りをあげてから、答えを返すことになる。

「例えばの話、強い確信を抱くような人物像がわたしの頭の中に浮かんできたとしても、それは客観性を伴う証拠にはなりえませんから、警察や裁判所に提出する資料としては、なんの効力も発揮しないものとお考えください。実質的な面では犯人と思われる人物に目星を付けられることで、独自に相手の動きを警戒できるようになるくらいですね」

正芳と寧子がうなずいてくれるのを見計らい、美琴は答えを締め括りにかかる。

「そのうえで申し訳ないんですけど、わたしが封筒を手にして得られた印象というのは、先ほどもお伝えしたとおり、薄っすらとした嫌な感じだけなんです。残念ながら犯人を特定できるような情報は、何も掴むことはできませんでした」

「そうなんですか……」と応じたふたりの眉は、無念のこもったハの字を描いていた。

そこで美琴は新たな提案を差し向けてみる。最善を尽くすための提案だった。

「よろしければ、封筒が届けられた場所も拝見させていただけますか？」

するとふたりは、同時にさっと笑みを浮かべて「どうぞ、ぜひ！」と答えた。

リビングを抜けだし、沖宮夫妻のうしろを追って、家の奥へと向かって延びる廊下を進んでいく。封筒が届いていたという裏口は、キッチンとバスルームに両脇を挟まれた廊下の突き当たりにあった。

戸口に嵌められたドアの色は薄緑。上半分が菱形模様を描く格子ガラスになっていて、菱形に線が入った曇りガラスの向こうに、外の景色が霞んで見える。

ドアを開けた足元には、灰色の石段が敷かれていた。石の形は正方形、横幅は戸口の寸法とほぼ同じ。封筒は、この石段のまんなか辺りに置かれていたのだという。

まずは戸口の内側に立ちながら眼下に向かって視線を落とし、意識を集中させてみる。まもなく封筒に触れた時と同じ、粘つくような悪意の念が脳裏に薄く浮かんできた。

続いて石段の上に立ってみる。念の残滓を感じる度合が幾分濃くなった。目を瞑ってその場にしゃがみこんでみると、感じる度合はさらにいくらか高まった。

およそ言い訳にもならないような歪んだ思いに突き動かされ、自分にとって目障りな存在を徹底的に排除しようとするかのような、湿っぽくて攻撃的な念の名残。

なんとなく、女ではないかと美琴は思う。
いつも暗い顔をした女。浮かべる笑みにも暗みが差すような、陰気な気性を抱える女。
不穏な念を身体に感じ取るなか、ここまでは漠然とイメージが湧いてきたのだけれど、
それ以外については、具体的な印象を帯びて浮かんでくるものはなかった。
単に痕跡自体が薄くて詳細を拾いきれないのだろうと感じる一方、やはり廃業からのブランクが長くて、勘が鈍っているのではないかというもどかしさも抱いてしまう。
「年頃や住んでいる場所なんかについては、お分かりになりませんか？」
所感を伝えた美琴に正芳が尋ねてきたが、首を左右に振るしかなかった。
「外のほうを少し歩いてみてもいいですか？」
許可をもらって石段をおり、家の裏手に面した庭を歩きだす。
目算で二十坪ほどある沖宮家の裏庭は、裏口から見て左右と正面の三方を縦板張りの
ボーダーフェンスで囲われていた。高さはおよそ一メートル。手頃な踏み台さえあれば、
乗り越えられそうな高さである。
フェンスの向こうに見える三方には、それぞれ家が立っていた。沖宮家の裏庭を含め、
いずれの家の庭にも豊かに葉を茂らせる樹木が、ひしめくように生えている。

外部から裏庭へ至るには、家の表側に面した門口をくぐって家の側面を伝ってくるか、あるいはフェンスを乗り越えてくるしかないという。

「門口からここまで回りこんでくるのは、考えづらいんですよね」と正芳が言った。

美琴も同感だったので、フェンスの前をぐるりと伝う形で裏庭を一通り歩いてみたが、石段の上で湧きあがってきたような念の痕跡を感じ取ることはなかった。

結局大した成果は得られないまま、リビングへ戻る。

沖宮夫妻と相談し合った末、赤い封筒は当面の間、美琴が預かることになった。

心情的な見地から鑑みれば、さっさと処分してしまったほうがいいのかもしれないが、今のところ、犯人が残していった唯一の手掛かりである。自宅でさらにくわしく調べて、改めて気づくことが出てきたら連絡するということになった。

沖宮夫妻のほうは、裏口に防犯カメラを設置するという。明日には業者が訪ねて来て、裏口のドア付近にカメラを取りつけてもらうとのことだった。

互いに何がしかの進展があり次第、密に報告し合うという形でひとまず話は落ち着き、この日の用件は終了となった。

# ブロンドポゼッション

二〇一三年の夏頃、佐久間さんは会社の海外出張でサンフランシスコに出掛けた。

一週間ほどの滞在期間が折り返しを迎えた、昼時のことである。

勤め先の近所にあるファストフード店へ昼食を買いに出ると、進む通りの向こうから長いブロンドヘアーの若い女性が歩いてくるのが目に入った。

服装はサンフランシスコ・ジャイアンツのロゴマークが大きく入った白いTシャツに、青いデニムのショートパンツ。濃い色のサングラスを掛けているので、目元については分からなかったが、顔全体の作りから見るにかなりの美人という印象だった。

彼女は微風に髪を靡かせながら、軽やかな足取りでこちらへ向かって歩を進めてくる。

佐久間さんのほうもそれなりの足取りで歩いていたので、互いの距離が近づき合うのは、あっというまのことだった。

その距離が残り一メートルほど前まで迫ってきた時、彼女がふいにこちらへ顔を向け、にこりと笑みを浮かべてみせた。続いて「ハイ」と言って、片手をあげる。

佐久間さんもどきりとしながら、すかさず「ハイ」と手をあげ、笑みを返してみせた。

そうして互いが近しい距離を保ちつつ、歩道の上ですれ違う。

名残惜しさに駆られて振り向くと、女性の姿は歩道の上から消えていた。

振り向くまでに五秒と置かない、短い間のことだった。


それから仕事を終えて帰国すると、しばしば奇怪な事象に見舞われ始めた。

ひとりで飲食店へ行くと、水の入ったコップが余分にひとつ置かれることがある。

出張で宿泊先のホテルにチェックインしようとすると、「二名さまですか?」などと訊かれることがある。

こうしたことが続くので、ある日に入った喫茶店でコップを余分にひとつ置かれた時、店員に「ひとりなんですが、誰と一緒だと思いました?」と尋ねてみた。

店員は「野球チームのロゴが入ったTシャツを着た、若い金髪の女性です」と答えた。

今でもこうした現象と回答は、絶えることなく続いているそうである。

# 空気椅子

宰子(さいこ)さんが、友人たちと台湾旅行へ出掛けた時のことだという。

初日の夜は、楽しみにしていた夜市に繰りだした。大勢の人で賑わう通りを掻き分け、ずらりと並ぶ屋台や店舗を覗いて回る。

まずは何を食べようかと話し合った末、台湾式バーガーの刈包(グァパオ)を食べることに決めた。ふわふわの白い蒸し饅頭に豚の角煮や高菜の漬け物、パクチーなどを挟んだ料理である。人数分を購入し、屋台の前に置かれたテーブルに着く。

「いただきます！」と声を揃えてかぶりつくと、白い蒸し饅頭の軽やかな弾力に続いて、とろりと煮込んだ角煮の甘さが口いっぱいに広がった。高菜の酸味とパクチーの香気もいいアクセントになって、思わず顔が綻(ほころ)ぶ旨さである。

夢中になって頬張りつつも、「次は何を食べる？」と会話も弾む。

「あれがいい」「それにしよう」と楽しく話し合っていたのだが、宰子さんはそのうちなんだか、膝の辺りが重苦しくなってきた。

昼間からだいぶ歩いたせいかと思い、膝をさすろうとしたら、目の前にあったはずのテーブルが消えていた。向かいに座る友人たちの腹から下が丸見えになっている。

「え？」と宰子さんが発すると同時に、友人たちも「え？」「え？」と声をあげ始めた。

続いて自分たちがどんな姿勢でいるのか分かった瞬間、「えっ！」と大きな声があがる。

なんと宰子さんたちは、屋台の前で空気椅子に座る姿勢で向かい合っていた。

ぎょっとなって周囲に視線を向けると、道ゆく人々が物珍しそうな顔で見つめている。

屋台の店員も怪訝な色を浮かべながら、横目でちらちら様子を見ていた。

食べかけの刈包を片手に姿勢を戻すと、逃げるような足取りで夜市をあとにする。

翌日以降はなんとなく気味が悪く感じられ、夜はホテルで過ごすようにしたという。

# それからどうした？

野入（のいり）さんという会社員の体験談。かれこれ二十年ほど前の話である。

この頃、野入さんはイギリスの某大学に入学し、在学中は寮生活を送っていた。

クリスマスを間近に控えたある晩のこと、寮のラウンジで友人たちと談笑していると、誰ともなしに持ち前の怪談話を披露する流れになった。

その場に居合わせたのは、イギリス人が三人とアメリカ人がひとり、中国人がふたり、そして日本人の野入さんという、総勢七人のメンバーだった。

こうした多彩な顔ぶれだったので、語られる話も自ずと国際色が豊かなものになった。

イギリス人は古い墓地に現れる花嫁姿の幽霊の話や、ロンドン塔に伝わる怪奇な因縁話、アメリカ人は都市伝説の雰囲気が漂う殺人鬼の話や、夢の中に現れる背の高い怪人の話、中国人は呪術や妖怪にまつわる話など。

聞いているだけで面白い一席だったのだが、そのうち野入さんにもお鉢が回ってくる。

「日本独自の怖い話を聞かせてくれ」とのことだった。

何がいいかと思案を巡らせた末、『四谷怪談』の祟りにまつわる話をすることにする。

舞台化や映像化するのに際し、事前にお参りをしないと怪我や病気の不幸に見舞われる。

そうした怖い言い伝えを『四谷怪談』の概要を交えて披露しようという趣向だった。

ところが『四谷怪談』の筋書きをなぞり始めてまもなく、語る言葉が詰まってしまう。

話の中盤辺りで伊右衛門が岩に飲ませる毒薬は、一体誰から手に入れた物だったのか？

該当する人物をどうしても思いだすことができなかった。

まずいと思い、焦りを募らせながら必死で記憶をたどっていた時である。

「それからどうした？」

野入さんたちが囲むテーブルの真上から、女の声が聞こえていた。

声はその場にいる全員が耳にしたが、誰が発したものかについては分からなかった。

野入さんたちが入居しているのは男子寮なので、寮内に女性はひとりもいなかったし、
そもそも日本語が話せる者も野入さん以外にいない。

なんとも言えない気味の悪さを感じ、怪談会はそこでお開きになってしまったという。

# 卵のごとき黒い瓶

美琴が沖宮宅を辞して最寄り駅まで戻ってきたのは、十五時近くのことだった。

帰りの電車内でも、バッグの中に忍ばせた封筒に指を添えて探りを入れてみたのだが、沖宮宅で感じた以上のものが脳裏に湧いてくることはなかった。

電車が出発してすぐに目覚めてもらった麗麗にも意見を求めてみた。封筒を目にした麗麗の感想は、概ね「気持ち悪い」と「趣味が悪い」のふた言だった。どちらも封筒の見た目に関する回答である。美琴の感覚では汲み取ることのできなかった新たな事実や、今後を危惧するような不穏な答えが出てくることはなかった。

その後は駅から自宅へ戻る道すがら、麗麗のリクエストで近所のスーパーに立ち寄る。今夜はクリームシチューが食べたいとのことだったので、いつも贔屓（ひいき）にしているルウと豚ロースの角切りを買い、やはり「食べたい！」との要望でデザートのプリンも買った。

美琴が作るクリームシチューは麗麗の大好物で、なおかつ劉さんの大好物でもあった。ふたりとも単にクリームシチューが好きなのではなく、美琴が作るクリームシチューが好きだという点でも共通している。美琴はそれが不思議に思えて仕方なかった。

シチューは種別がクリームだろうとビーフだろうと、大して手の掛かる料理ではない。基本的には市販ルウのパッケージに記載されているレシピどおりに調理を進めていけば、誰でもとびきり美味しいシチューを作ることができる。

ちなみに美琴自身のシチューに対する好感度は、大好き未満の好きという感じだった。言うなれば「当たり前に好き」というレベルのもので、ご飯やパンと比べて大差はない。愛着はあっても、おりおりに激しい執着や渇望は湧いてこないぐらいのものだろうか？

けれども強いて言うなら、調理過程におけるちょっとしたこだわりぐらいならあった。

ひとつには人参の下ごしらえ。他の具材と鍋の中で炒める前に、人参だけはバターと砂糖を混ぜた煮汁で軽く下茹でをする。人参が持つ仄かな甘味を煮汁の味で濃くすると、ほんのりと塩気の利いたスープや他の具材の中で、ほどよいアクセントになるのだった。

ふたつには、仕上げにチーズを少し入れること。使うのはプロセスチーズで構わない。賽の目に細かく切ったチーズを仕上げに溶かし入れると、シチューの味に奥行きが出る。

どちらについても、ルーツは亡き母にあった。美琴は幼稚園の頃から、母が亡くなる小学二年生の冬場まで、毎晩母の台所仕事を手伝いながら育った。今振り返ってみると人参の甘い味付けは、小さな美琴の舌に合わせたものではないかと思う。

他にもカレーやハンバーグ、ローストチキンなど、美琴が日常的に作る料理の大半は、母の〝一工夫〟を継承したものが多かった。面白いことに劉さんと麗麗が好んでねだる品々もこうした継承メニューが大半を占めた。

適度な重さになって膨らむレジ袋を片手に街中を歩き、自宅の前まで帰り着いたのは十六時過ぎ。陽はまだ射していたが、茜色に薄く滲んで西の空へと傾きつつあった。

「何時に作るの？　クリームシチュー」

「五時ぐらいからかな？　もうお腹空いてきた？」

上着の中から美琴を見あげる麗麗に心の中で言葉を返しつつ、エントランスを抜けて階段を上り始める。麗麗はすぐさま「お腹空いた！」と答えた。

「だったら急いで作っちゃおうか？」

美琴も答えるうちにお腹が空いてきたような気がした。今からシチューを作り始めてできあがる頃には、ちょうどいい空腹感になっているのではないかと思う。

「うん！」と声を弾ます麗麗に「決まり！」と返したところで、自宅の玄関前に着いた。上着のポケットから鍵を取りだして錠を開け、ノブに手を回してドアを開ける。

「でもちょっとだけ休憩してからでもいい？」

中へと入って麗麗に声をかけた直後、美琴の心臓が「どくん！」と大きく脈を搏った。胸の中で水風船が跳ねるような感覚が、左の乳房を震わすように漏れだしてくる。

麗麗からの返事はなかった。上着の襟を掴んで中を覗くと、姿も見えなくなっている。極めて珍しいことだったが、先にリビングかキッチンのほうへ行ったのかと思う。

思ったのだけれど、腑に落ちなかった。無理やり答えを当て嵌めたような印象である。異様な胸の高鳴りに続いて、今度は得体の知れない胸騒ぎを感じ始める。

急ぎ足でリビングに向かったが、麗麗の姿は見えない。呼びかけても応答はなかった。いよいよ胸のざわめきが強まり始めたところで、スマホの呼び出し音が鳴る。

ディスプレイを見ると、相手は劉さんだった。

一瞬、あとから掛け直そうかと考えたのだが、やはり一瞬の判断のうちに思い直した。美琴の直感が、息苦しくなるぐらいに切々と訴えていたからだ。

おそらくこのあとは、電話を掛け直せる余裕など一ミリもなくなってしまうだろうと。

「もしもし。お疲れさまです。元気にしてる？」

呼吸を整え、努めて明るい調子で声をかける。発した言葉は本心からのものだったが、気持ちのほうは不本意ながらも上滑りしていくのが、ありありとうかがえた。

「うん、元気。今はちょっと休憩時間。ミコさんのほうは元気？」

劉さんも明るい調子で返してきた。声を耳に感じて多少は気持ちがほっとしたものの、それでも玄関ドアをくぐる前ぐらいまでに気分が回復するには至らなかった。

「ええ、元気。こっちはさっき、買い物から帰って来たところ」

嘘はついていない。隠しておくべき沖宮夫妻との面会について、話さないだけだった。

もしかしたら劉さんが電話を掛けてきた用件は、沖宮夫妻が気を利かせて今日の一件を彼に打ち明けたからではないか？　そんなことが薄っすら頭に浮かんできたのだけれど、続く劉さんのひと言で、単なる思い過ごしだと分かった。

「今夜のご飯は何を作るの？」

興味津々と言ったそぶりで訊いてきた彼に「わたし流クリームシチュー」と答えると、たちまち声音と声風を二段階は輝かせ、「いいなあ！」と叫ぶような調子で返してきた。

美琴は笑い声を交えつつ、「じゃあ、帰って来たらまた作るね」と応えた。

それから五分近く他愛もない談笑が続いて、通話はいつもの円満な形で終わった。

そのさなかにも美琴は周囲に神経を張り巡らせ、麗麗の気配を探り続けていたのだが、感じるものは何もなかった。姿は元より、声すら幽かにさえも聞こえてこない。

何かの異変が――それも良くない異変が麗麗の身か、あるいは自分の身に生じたのは状況から鑑みて、もはや疑いようがなかった。

異変の原因として真っ先に考えられたのは、バッグに入れて持ち帰った封筒だったが、再び引っ張りだして様子を調べてみても、特に変わった印象が得られることはなかった。むしろ今朝方、沖宮宅に届いた頃からさらに時間が経ったせいか、例の粘りつくような悪意が漂う嫌な気は、薄まりつつあるように感じられた。

原因は判然としない。状況も呑みこめない。今後の成り行きについても計り知れない。けれどもそうしたなかで、美琴にできうることはまだひとつだけ残っていた。

劉さんとの通話中に座っていたソファーの上に両脚をのせ、慌ただしく身を仰向けに横たえる。ついで両目を静かに閉じると、意識を自分の内へと向かって集中させた。

それから十秒もかからず、目蓋の裏に広がる赤みを宿した暗闇に明るい光が差し始め、現実と見紛うほどに精緻なディテールを帯びた風景が、美琴の眼前に現れた。

柔らかな木漏れ日が降り注ぐ淡い緑の森の中に、平屋の小さな家が立っている。

外壁の形状は六角形で、大きさは少人数用のロッジと同じくらい。緑色の三角屋根と赤い煉瓦の壁でできたこの家は、美琴の意識の中にある麗麗の住み家だった。

日頃、意識の外側でコンタクトを交わさない時や美琴の就寝時には、麗麗はかならずこの家に戻って時間を過ごすようにしている。（決して考えたくはないことだけれど）仮に麗麗という存在そのものが消滅していない限り、意識の外からふいに姿を眩ませたあの娘が他にいるべき場所は、この家以外に考えられなかった。

視界が捉える家と森の仔細が鮮明になると、残る五感も虚構の景色の中に馴染みだす。鼻腔（びくう）に湿った土の香りと樹々の枝葉の香りを吸いこみ、足元に散らばる小枝や枯葉の名残をぱきぱきと踏み鳴らしながら、家へと向かって急ぎ足で歩を進める。

「大丈夫、お昼寝しているだけ。疲れたから、黙ってお昼寝しに戻っただけ」

「中で元気にしている。シチューができるまで、ちょっと休んでようって思っただけ」

渇いた声で己に言い聞かせたが、少しも納得できないことが美琴の心をさらに乱した。

あたかもそれを嘲笑うかのごとく、玄関へ近づいていくにつれ、家の中から奇妙な音が聞こえるようになってくる。

「せらせらせらせらせらせらせら……」という、何かの囀りめいた甲高い音。

どことなくヒグラシの声を思わせる響きがあったが、耳朶を震わす感触は、頭の芯をみるみるうちに冷たくするほど不吉で、胸の悪くなるような毒気を孕んでいた。

奇怪な音は同じ音色を同じ音量で、なおかつ同じリズムを保ちながら繰り返している。その無機質な響きは、何かの機械か楽器が発するような印象を抱かせるものもあったが、一方ではそこはかとない意思――それも極めて邪悪な意思――が感じ取れる節もあった。仮に機械か楽器が発する音なら、それらを作ったのは魔物のたぐいだろうと美琴は思う。

「せらせらせらせらせらせらせらせらせらせら……」

屋根の色と同じ緑に染まる玄関ドアの前まで至ると、音はさらにはっきりと聞こえた。意識の内に作った世界でこんな音が聞こえるのは、思うまでもなく初めてのことだった。

ノブに手を掛けドアを開けると、音は一段と高まり、美琴の鼓膜を鋭く嬲った。

「せらせらせらせらせらせらせらせらせらせら……」

続いて眼前に見えた光景に美琴は一瞬、愕然となって目を瞠り、次には「わっ！」と悲痛な叫びをあげながら、弾かれたように家の中へと駆けこんでいった。

「せらせらせらせらせらせらせらせらせらせら……」

十五帖ほどの広さを有する麗麗の住まい。その中央には本来、丸型のローテーブルとソファーがセットになって設えてある。美琴も時折、眠りの中でこの部屋にお邪魔して、テーブルセットでくつろぎながら麗麗とおしゃべりに興じることがある。

今やそのテーブルセットは、凄まじい勢いで吹き飛ばされたかのように壁のほうへと引っくり返った状態で押しやられていた。テーブルセットになり代わって部屋の中央に陣取っているのは、本来この家には決して存在し得ない異質な物体——瓶だった。

形はずんぐりとした楕円形。大きさは縦が一メートル余り、直径はおよそ七〇センチ。表面は重油のような黒褐色で、丸みを帯びた短い突起がごつごつと全体に隆起している。色と質感だけを見れば、巨人が育てたアボカドのように思えなくもない。

「せらせらせらせらせらせらせらせらせらせらせらせら……」

得体の知れない甲高い音は、瓶の中から聞こえてくる。走り寄って見おろしてみると、上部の縁に沿って丸く口を開いた瓶の中には、粘り気を帯びた朱色の液体がなみなみと注がれていた。ブリーチ剤を連想させる甘味を帯びた酸っぱい臭気を発するその液体は、水面上にぷつぷつとまばらに浮かぶ小さな泡を揺らめかせながら、のったりと不規則な流れを描いて蠢いている。まるで液体に意志でも宿っているかのように。

「麗麗？」

瓶に向かって呼びかけると、言葉は返ってこなかったが、毒々しく淀んだ液体の中に慣れ親しんだ気配を薄っすら感じたような気がした。それに加えて、瓶の形と大きさがちょうど、小さな女の子が身を丸めて入りこむのに手頃な作りをしているということも、美琴に確信めいた真実味を抱かせることになった。さらにはまるで卵のようだと感じて、背筋に波打つようなおぞましい震えが生じる。

「待ってて！　すぐに救けてあげるから！」

一分の躊躇いもない大きな声で告げるなり、開いた両手を朱色の水面におろしていく。ところが両手は水面に手のひらが触れたとたん、ぴたりと動きが止まってしまう。

朱色に淀んだ液体は、まるで水面が凍りついているかのような硬い感触を帯びていた。肩から腕にこめた力を手首に伝えて突き破ろうとしても、水面はのったりとした流れを描きながら静かに揺らめくばかりで、美琴の手のひらを受け入れようとしなかった。

氷盤のように硬質な感触に相反して、手のひらに伝わる水面の温度は、生暖かかった。まるで大きな獣の肌に触れているかのような荒い温もりが、手のひらに伝わってくる。

「せらせらせらせらせらせらせらせらせらせらせらせらせらせらせら……」

音とも声ともつかないさざめきは、美琴が狼狽するまにも瓶の中から絶えることなく聞こえてきた。やはり美琴を嘲るかのごとく、「せらせらせら……」と執拗に。

「どうして！」と金切り声をあげつつ、両手に力をこめ続けていると、まもなく水面の温度がじわじわと火がついたようにあがりだし、堪らず手のひらを放すことになった。

ぜえぜえと荒らいだ息を整え、今度は瓶に向かって魔祓いの呪文を唱えてみる。

瓶にはなんの変化も見られなかった。水面もがちがちに固まったままである。

続いて瓶の口を両手で掴み、両脚に思いきり力をこめて押し倒そうと試みる。

瓶はびくとも動くことはなかった。水面も静かな揺らぎを見せるばかりである。

「どうして！　どうしてこんなことになったのよ！」

「せらせらせらせらせらせらせらせらせらせらせら……」

瓶に向かって怒声を張りあげても、事態が好転することも変わることもなかった。

美琴の耳に聞こえてくるのは瓶の中から木霊する、何かの囀りめいた音だけだった。

# 小鬼を飼った二ヶ月半

中部地方の田舎町で生まれ育った米盛(よねもり)さんは昔、小鬼を飼っていたことがあるという。

小学一年生の頃で、夏休みに自宅の近所に広がる雑木林で捕まえた。

背丈は大人の小指ほど。禿げた頭の両側に細長い角を二本生やしていて、なりは全裸。顔つきは厳つかったが、性器は見当たらなかったので、雌雄の違いは判然としなかった。

小鬼はプラスチックのケースに入れ、自室でこっそり飼い始めた。

餌は人間の残飯。与えればなんでも食べた。性質は大人しく、鳴き声を発することもなかったので、家族に存在を気取られる心配もなかった。

けれども最後はそれが仇となり、小鬼は飼育開始から二ヶ月半ほどで死んでしまう。

うっかり一週間近くも餌をやり忘れ、飢え死にさせてしまったのである。

死骸は庭に埋めたのだが、数日経つと辺りの土が黒ずみ始めて腐ってしまったという。

# 火の巫女たち

四国に暮らす井土井さんは、中学時代に実家を火事でなくしている。

出火原因は不明とされたが、井土井さん自身は少々思うところがあった。

火事が起きたのは、中学一年生の冬時。時間は深夜一時近くのことである。

その日の放課後、土井土さんが帰宅すると、郵便受けに奇妙な紙切れが挟まっていた。

ふたつに折り畳んだ白い半紙で、開いた面側には真っ赤な手形が押されている。

指の長さや全体の印象から見て、女の手ではないかと感じた。手形を象る赤い色味は全体的に黒ずんでいて、なんとなく血で押されたものではないかと思う。

仕事から帰ってきた母親に見せると、「気味が悪い」とこぼしながらも、一応警察に届けようということになり、紙は居間の茶箪笥に保管しておくことになる。

それから夜中になって家が燃えた。

火は居間から出たようだった。出火に気づいた時、居間はすでに火の海と化していて、家族の手で消し止めることは不可能だった。

幸い、家族は全員無事だったので、家の裏手に面した勝手口から逃げる。

勝手口を出た正面には、青竹が生える低い丘が立っている。駆け足で避難するさなか、視界の端に不審を感じて顔を向けると、林の中に白い人影が浮かんでいるのが見えた。

巫女装束を着た女が三人、横並びになって竹林の中に立っている。

いずれも燃え盛る家を見おろし、もそもそと頻りに唇を動かしていた。

顔立ちはよく分からなかったが、身に纏う装束と同じくらい、肌の色が異様に白い。

井土井さんが「あっ!」と発して、家族に知らせようとしたとたん、得体の知れない巫女たちは林の中に溶けるがごとく、文字通り、あっというまに姿を消してしまった。


それから二十年ほどの月日が経った最近も、井土井さんは同じ巫女を目撃している。

夜中に近所の家から火が出た時に現場を見にいったら、野次馬に紛れて立っていた。

井土井さんが気づくと、巫女たちはやはり、溶けるようにその場から消えてしまった。

焼け落ちた近所の家にも例の紙が届いていたのか、無性に気になってしまったという。

# 疑惑のメール

個人で販売業を営む志奈子さんの許に、不審なメールが届いている。

およそ半年に一度の割合だという。

件名が仕事に関する用件を連想させるものなので、無意識に開いてしまうのだけれど、開くと意味の分からない漢字がずらりと画面を埋め尽くしている。

気味の悪さに顔をしかめ、急いで削除しようとすると、頭の真後ろで「ぱーん！」と乾いた音が鳴り響く。ぎくりとなって振り返っても、音を発するようなものは何もない。

ただ、印象的には手のひらを叩き合わせる音か、木の枝をへし折る音によく似ている。

漢字が羅列された奇怪なメールを開くと、音は決まって「ぱーん！」と轟く。

メールが届く理由は分からないし、音が鳴る道理についても不明である。

アドレスは毎回違うが、送信主が複数人によるものか、個人なのかも定かではない。

五年ほど前から届くようになり、これまで全部で十通のメールが届いている。音はPC上で開いても、スマホのアプリで開いても、同じ勢いで「ぱーん!」と鳴る。大半は独りでいる時に開いて聞いているが、一度だけ知人がそばにいる時に開いた際も音はしっかり轟いた。知人も耳にし、椅子から飛びあがるほど驚いていた。

知人もやはり、頭の真後ろから「ぱーん!」と聞こえてきたと語る。

この時届いたメールはPCで開いたのだが、少なくともスピーカーから聞こえてきた音ではないと証言している。

こうした流れがあるなかで、別の知人に老齢の霊能師を紹介してもらったこともある。一枚だけ保存していたメールのスクリーンショットを鑑定してもらったところ、答えは「断言することはできないが、呪いの呪文ではないか」とのことだった。

そのうえで「誰かの恨みや妬みを買っている覚えはないか?」などとも尋ねられたが、明確な心当たりはなかった。

メールは今も届いている。相変わらず、うっかり開くと不審な音が鳴り響くだけだが、志奈子さんは二年前から乳癌を患い、音を聞いた知人も去年から同じ癌を患っている。

霊能師に言われた「呪い」という言葉が、最近は気がかりでならないという話である。

# ロールケーキ

絹江（きぬえ）さんが、小学四年生の時のことだという。

ある日の放課後、妹とふたりで下校していると、菜子（なこ）ちゃんという女の子に絡まれた。

菜子ちゃんは五年生で、児童たちの間では素行が悪いことで有名だった。

同じく素行の悪い中学生の姉がいるのを笠に着て、同級生や下級生たちをいじめたり、悪い遊びに巻きこんだりを繰り返している。

この日、絹江さんたちは、万引きに誘われた。

下校路にある雑貨屋で、お菓子を盗もうと持ちかけられた。

菜子ちゃんは見張り役をやるので、絹江さんたちはお菓子をポケットに入れろと言う。

「嫌だ」と断ると、菜子ちゃんはぶっきらぼうに「だったらいいや。買うから」と答え、絹江さんの前に手のひらを差しだした。「お菓子を買う金をよこせ」と言う。

「よこさないなら殴る」と凄まれ、渋々「緊急用に」と母から渡されていた五百円玉を、菜子ちゃんに渡した。続いて「態度が気に入らない」と平手打ちを喰らった絹江さんは、ようやく解放され、妹とすすり泣きしながら家路に就いた。

帰宅すると、居間のテーブルにおやつのロールケーキが置いてあった。

美味しそうだとは思ったけれど、先刻までのわだかまりも、まだ生々しく残っていた。妹も顔色を暗くしたままである。

せめてもの腹いせにと思い、絹江さんはロールケーキを指差して「これはあいつ」と宣言する。そして、菜子ちゃんの身体に見立てたロールケーキをナイフで切っていく。

「ここが首」「ここがお腹」「ここが足」などと言いながら等間隔に切り分けていくと、多少は気が晴れた。妹も笑ってくれたので「あいつの身体、美味しくないね！」などと冗談を交わしながら、楽しいおやつの時間を過ごした。

大した悪気はなかったように思う。単なる憂さ晴らしのつもりだった。

菜子ちゃんが死んだのは、その翌日のことである。

朝方、分厚いガラスを積んだトラックの転倒事故に巻きこまれた菜子ちゃんの遺体は、荷台から崩れ落ちたガラスの束に切り刻まれ、全身がバラバラになっていたそうである。

# 赫怒の刻印　破

美琴が沖宮夫妻の住まいを訪ねて二日と半日が過ぎた。

状況は完全な膠着（こうちゃく）状態を保っていたが、好転の兆しがまったく見えてこない一方で、さらなる暗転に至りそうな予兆のほうは、美琴の胸中で刻一刻と強まっていた。

麗麗を詰めこんだとおぼしい件の黒い壺（美琴は前日から〝卵〟と呼称していた）は、あれから何度も様子を見に行き、その都度、あらゆる手段を講じて麗麗の救出を試みた。

結果は徒労に終わる。

相変わらず、黒い卵に満たされた朱色の液体の中に手を浸すことはできず、押しても引いても微動だにすることもできず、割ることも消し去ることもできなかった。

卵の出現から二日が経過しても、内部に麗麗の気配をわずかに感じ取れることだけは不幸中の幸いだったが、そうした幸いが無限に続くものとは考えていない。

黒い卵の内部を満たす朱色の液体がどのような意味を持つもので、どのような作用をもたらすものかは見当もつかなかったが、少なくとも小さな麗麗の心身にとってプラスになるものでないことだけは、確信を持って危機感を抱くことができた。

麗麗は形質上、美琴の分身に等しい存在ではあるが、だからといって元霊能師である美琴のように、視えざる怪しい脅威に対抗する手段も、身を護る術も持ち得ていない。

そうした意味では外見どおり、素養は幼い女の子と大差はないのだ。あんな瓶の中に閉じこめられて、長い日にちを持ち堪えられるとは思えなかった。

心身の件に関してはもうひとつ、憂慮されるべき問題があった。

他ならぬ、美琴自身の体調である。

二日前に麗麗が姿を消して以来、身体に微妙な重ったるさを感じるようになっていた。頭のほうにも小石かボルトのたぐいが紛れこんだかのような重苦しさが感じられる。

原因の一部には麗麗の身を案じる心労が関係しているのだろうが、大部分に関してはやはりあの黒い卵の影響によるものだろうと踏んでいる。

麗麗の現状に気を取られがちだが、物事を冷静に俯瞰すると麗麗の住み家があるのは美琴の頭の中だし、卵があるのも麗麗の住み家である。

それはすなわち、不穏な卵は美琴の脳内に巣食っているという事実に他ならないのだ。体調に異変を来たすのも無理からぬことだし、このまま状況が平行線をたどっていけば、さらに悪化していくことも自明の理だったし、予測不能な事態に陥ることも懸念された。それも枕詞に「悪い」が被さる事態の一択である。

こうした災厄に美琴と麗麗が晒られている一方で、沖宮夫妻のほうは安泰だった。

一昨日の晩（麗麗が黒い卵に閉じこめられてまもなくのことである）と昨日の昼過ぎ、二回にわたって寧子に電話を入れてみたが、あの後は特に変わったことはないという。夫婦ともども体調は良好。見えない不審者に対する警戒心は根強く残っているものの、予定していたとおり、自宅の裏口には業者を招いて監視カメラを取りつけてもらったし、しばらく冷静に経過を見守ってみるとのことだった。

ふたりの身には何も起こらず、こちらに限って不測の事態が生じているということは、やはり災禍の原因は、赤い封筒にあると見做す以外に説明がつかなかった。

封筒は中に入っていた人工毛の髪束ごと、すでに処分が済んでいる。一昨日の夜更け、キッチンのシンクで念入りに燃やした。黒い灰と化した燃えかすは、水をかけたうえでビニール袋に詰めこみ、その日のうちに外のゴミ捨て場に置いてきた。

この手の呪いめいた事象については、媒体に使われた物品を微塵に処分してしまえば解消されるケースも多いのだが、結果はこのとおりの有様だった。

封筒を完全に滅してもなお、状況は一切変わらないまま、今日という日に至っている。

あまり考えたくはないのだけれど、処分の仕方が悪かった可能性もなくはなかったし、封筒を処分するという行為自体が、災いの解消に関与しないという可能性も考えられた。

どちらについても憶測の域は出ない。

だから実質的には、途方に暮れている状態だった。

本音を晒せば一日じゅう、恐怖と不安に怯えながら泣いていたい気分でもある。

けれどもそうはいかなかった。美琴には、麗麗という存在があるからである。

タルパは創造主の情緒や姿勢の在り方に色濃い影響を受ける。創造主の気分が疲弊し、後ろ向きな状態が継続されると、タルパの性質や体調面にもそれらが反映されてしまう。

こうした状況下で美琴のメンタルが減退すればするほど、卵に閉じこめられた麗麗の心身をさらに弱らせ、最悪の結果をもたらすことにもなりかねなかった。

ゆえに弱音は禁物。事態はかならず解決に向かうと信じ、状況を冷静に見極めながら全力で事に当たっていくしかないのだ。

ここまで現状を確認し終えたところでリビングの壁時計を見ると、そろそろ二十時を差す頃になっていた。不測の事態発生開始から、残り数時間で三日目が終わる。

劉さんがスリランカから帰国してくるのは、八日後のことだった。それまでに問題を解決したかったたし、そもそも麗麗の容態がこれから八日も持ち堪えられるとは思い難い。焦りも禁物だったが、一秒でも早い解決を目指さなければならないのも事実だった。

今日は遅めに昼食を摂ったせいで、こんな時間になってもあまり空腹を感じなかった。というより、一昨日から食欲そのものが萎えている。

まずもって耐え難い心労というのが食欲不振の一端を担っていたし、それに輪を掛け、独りで黙々と喫する食事の殺伐さも美琴の食い気を鈍らせていた。劉さんとも麗麗とも「美味しいね」と笑い合えない食事は、ちっとも心が安らぐものではなかった。

食事は入浴を済ませてからで構わないと思う。それも軽く摂るぐらいで十分だろう。

十分ほど前からバスタブに湯を張り始めていた。そろそろ満たされる頃である。

ソファーから立ちあがり、廊下を伝ってバスルームへ向かう。

バスルームのドアを開けた先は、三帖ほどの脱衣所になっている。脱衣所内の右手に面した中折れ戸を開けると、バスタブの湯はちょうど満杯になるところだった。

浴室に入って蛇口を閉め、中折れ戸を開けたまま脱衣所に戻って、衣服を脱ぎ始める。

そうして最後に脱ぎ終えたショーツをランドリーバスケットに入れた時、露わになった背筋にぞくりと冷たい違和を感じた。

反射的に振り向くと、背後に開いた浴室の戸口に真っ赤な人影が立っていた。

それは頭のてっぺんからつま先まで、どろどろと粘度の高い真紅の液体に塗れていた。色は鮮血を思わせる、目に突き刺さってくるようなどぎつい赤である。

全身が分厚い液の膜に覆われているせいで仔細は容易に判別できなかったが、背丈は美琴よりも十五センチほど高い。さらには短く縮れた髪の毛と、平らで分厚い胸板から、それが男であることはすぐに分かった。――同時にこの世の者ではないことも。

衣服の代わりに真っ赤な粘液を纏った異形の男は唯一、目だけが雪のように白かった。白い目玉は真円に近いくらいぎょろりと丸く見開かれ、美琴の顔を見据えている。

美琴が男を目にした次の瞬間、男の上唇がずるりと水っぽい音をたてて捲れあがった。弓の形になった口元から赤黒い歯が覗き、満面に下卑た薄笑いができあがる。

とたんに美琴は総毛立ち、悲鳴をあげて脱衣所を飛びだした。廊下に出るとすかさずドアを叩きつけるように閉め、続いて自分が何をすべきなのか、必死で思考を巡らせる。

出てきた答えは「封じる」だった。

固く閉ざしたドアの表に右手の人差し指を押し当て、震える大声で呪文を唱えながら漢字と梵字で構成された紋様を慌ただしくなぞっていく。魔性封じの紋様である。

視えない紋様がドアの表に完成すると、今度は指に代わって顔を近寄せ、息を殺して中の様子を探りだす。ドアの向こうでは依然として、赤い男の気配をまざまざと感じた。

息遣いとおぼしき「すんすん」という渇いた音が幽かに聞こえてきたし、身体を覆う赤い粘液がねちゃねちゃと濁った水音を立てる様も美琴の耳に届いてきた。

そのまま時間にして五分近く、美琴はドアの前に裸のままで立ち尽くし、中の様子をうかがい続けた。男がドアを開けるか突き抜けるかして、外に出てくる気配はなかった。ただし気配は消えることも薄まることもなく、ドアの向こうに頑として居座り続けた。

脱衣所にも浴室にも窓はない。それが功を奏して男をバスルームに閉じこめることができたのかもしれない。だが、裏を返せばそれが仇となって、男の逃げ場を奪った感も否めなかった。図らずもバスルームは、赤い男の牢屋と化してしまったようだった。

ここから先はどうするべきかと考える。セオリーにのっとるなら、再びドアを開けて男を即座に祓い伏せるのが、最善にして唯一の解決策と言えるだろう。

けれども美琴の右手は、ドアノブに手を伸ばすことさえできなかった。太腿の傍らに垂れさがる手首は指の先までぶるぶると小刻みに震え、治まる様子も見られない。

あれに毅然と立ち向かっていく勇気を、美琴はわずかも抱くことができなかった。

向こうの性質や正体、そうしたものが一切不明な点から生じる恐怖も確かにあったが、それ以上に美琴の勇みを萎ませてしまったのは、道理の知れない生理的な拒絶感だった。

あれには絶対関わりたくない。もう一度、あれの姿を目にすることさえも厭わしい。

恐怖に張りつめ、がちがちに強張った身体をドアの前から退かせようとした時だった。

ドアのすぐ向こうで突然、「どん！」と凄まじい爆音が轟いた。

続いて「ぬぁはは」という男の太い笑い声。

全身真っ赤な男がドアの向こう側を拳で殴りつけ、笑みを浮かべる姿が脳裏に浮かぶ。

美琴は再び悲鳴をあげ、それから恥ずべきことに粗相（そそう）もしてしまった。

自分の股からしとどに噴きだす小水の筋が、床板でびしゃびしゃと飛沫を跳ねあげる音を鼓膜に認めた瞬間、美琴の自尊心は勇気もろとも、あらかた崩壊するに至った。

# 海を越えても

心を病んだ末、自ら生命を絶った彼女の霊に、長年悩まされているという男性の話。
海外赴任が決まって海を渡ってからも、彼女は夜ごと枕元に現れ続けているという。

# 一者三様

都内に暮らす織美(おりみ)さんが親戚の通夜に参席するため、他県の田舎に出掛けた時のこと。

通夜が終わった晩は、別の親戚が暮らす近所の家に泊めてもらった。

寝室に充てがわれた二階の和室には、古びた三面鏡が置かれていた。せっかくなので使わせてもらおうと思い、鏡の前に置かれた椅子へと腰掛ける。

正面の鏡に向かって化粧を落とし始めると、そのうち視界の両側に違和感を抱いた。

右の鏡に視線を向けると、そこには小学時代の自分が座って、こちらを見ている。

思わず悲鳴をあげて視線を背けた左の鏡には、老婆と化した自分の姿が映っていた。

どちらも目玉を険しくぎらつかせ、怯える織美さんに笑いかけていたそうである。

# サイコマンテウム

サイコマンテウムとは、交霊術の一種である。

平たく説明すると、大きな鏡の前にリラックスした状態で座り、もう一度会いたいと願う故人のことを思い浮かべながら鏡面を覗き続ける。すると鏡の中に故人の姿が現れ、言葉を交わし合ったりなどのコンタクトができるというものである。

今から五年ほど前のこと。

大学の講師を勤める戸西(とにし)さんは、斯様なサイコマンテウムを実践してみたことがある。

呼びだそうとしたのは、幼い頃に病気で死に別れた妹。

心からの再会を望んでいたわけではなく、念じ続ければ鏡の中に故人が現れるという話自体も信じているわけではなかった。単に受講生の若い連中が「マジです！」などと怪気炎(かいきえん)をあげて訴えてきたので、自ら身をもって虚妄(こもう)を立証してやるための実践だった。

鏡は自室の隅に置いてある姿見を使った。仕事を終えて帰宅したのち、時刻が深夜を回るのを見計らい、部屋の電気を消して鏡の前に座りこむ。

傍らに用意したLED行灯（あんどん）の薄明かりに照らされながら、鏡に映る自分の姿を見つめ、亡き妹に淡々と想いを馳せること、三十分余り。

暗闇に霞む鏡の中には、なんらの変化も生じなかった。当たり前だと戸西さんは思う。とはいえ受講生たちの話によれば、鏡の中に異変が生じるのは、およそ一時間辺りを境にした頃が多いとのこと。ならばもう少し付き合ってやるかと居住まいを正す。

それからさらに時間が経ち、実証開始からそろそろ一時間になろうとする頃だった。

「やっぱり結果はこんなもんだろう？　馬鹿馬鹿しい」

なおも異変が見えない鏡に映る自分に向かって、呆れた所感をぽつりとこぼす。

そこへ鏡に映る自分の顔が歪んだ笑みをこしらえ、つっけんどんに言い返してきた。

「だったらやるなよ」

翌日、受講生たちには「絶対やるな！」と呼びかけ、戸西さん自身もその後は二度とサイコマンテウムを試みることはないという。

# 鏡面残滓

こちらも鏡にまつわる話。三十年近く前にあったことだという。

当時、高校生だった穂都里(ほとり)さんは、密かに想いを寄せる男子がいた。

陽平(ようへい)くんという同じ学年の男子で、バスケ部のエースを務める学年一の人気者だった。

彼にはすでに付き合っている娘がいたのだけれど、そんなことで穂都里さんの想いが薄まることはなかった。別れた時がチャンスと考え、来たるべき日を密かに待ち続けた。

募る気持ちを幾許(いくばく)なりとも慰めるのに役立ったのは、陽平くんのスナップ写真だった。

バスケットボールを両手に抱えて笑みを浮かべる、バストアップで撮られた写真である。

親しくしているクラスの男子に頼んで譲ってもらった。

写真は自室の鏡台に貼りつけていた。元は母に譲ってもらった古めかしい鏡台である。

写真の場所は鏡の右端。鏡に向かうたびに陽平くんが笑いかけてくれるのが嬉しかった。

けれども陽平くんに想いを募らせ始めて一年近くが過ぎた頃、穂都里さんが三年生に進級してまもなくした時季に陽平くんは亡くなってしまう。

通学中の交通事故で、ほとんど即死だったと聞かされた。悲嘆に暮れた穂都里さんは、その後も鏡に写真を貼り続け、互いに顔を向け合うたびに彼の冥福を祈り続けた。

だが、そうした尊いおこないも、陽平君の死後からおよそ一年を境に終わりを告げる。大学に進学した穂都里さんに彼氏ができてしまったからである。

彼氏と交際が始まってほどなくした頃、穂都里さんは気持ちに踏ん切りをつけるため、鏡から写真をそっと剥がして「ごめんね」と告げた。

「ざけんなよ」

とたんに写真の中の陽平くんが真顔になって、冷たい声音で返してきた。

写真はすぐに処分したのだが、事はこれだけでは治まらなかった。写真を貼っていた鏡面の同じ場所に、陽平くんの小さな姿がしばしば映りこむようになってしまった。そのたびに鏡の中の陽平くんは、恨みがましい目つきで穂都里さんを見つめてくる。

鏡台も処分しようと考えたのだが、元の所有者である母に猛反対されて叶わなかった。結局、鏡面に厚い布を掛け、それから家を出るまでの四年間を耐え忍んだそうである。

# スタンドアローン

●トイレの赤ん坊

学校のトイレにまつわる怪異。普段は開かない個室のドアが勝手に開くと、個室内のゴミ箱に血まみれの赤ん坊が入っていて、「ママ！」と鋭い叫び声をあげる。

●赤い服の少女

台南市にある某大学の女子寮に出る幽霊。赤い服を着ている。寮に暮らす学生たちに「遊ぼう」と声をかけてくるが、誘いに乗るとあの世に連れていかれてしまう。

●姐姐（ジェジェ）

台湾のマンションに暮らす女子大生ふたりの悪夢に現れた、赤いワンピース姿の幽霊。ひとりはバスルームの鏡に映る女の夢。同じ部屋に住むもうひとりは、バスタブの中でバラバラ死体と化した女の夢に何度も繰り返し悩まされた。姐姐は幽霊の名前である。

●胴体少年
手足がちぎれ、頭と胴体だけになった少年の幽霊。小学校の教室に現れるという。
●養小鬼(ヤンシャオグイ)
死んだ赤子や幼児の霊を手なずけて意のままに使役する呪術。「養鬼術」と呼ばれる。術者の血を養分にして力をつけた養小鬼は、主には他者に不幸を及ぼすために使われる。
●孫文(そんぶん)の像
台湾の小学校に多く設置されている、初代中華民国臨時大統領・孫文の姿を象った像。夜中に目から血の涙を流したり、時には子供を襲って殺すこともあるという。
●魔神仔(モシナ)
台湾に伝わる山の妖怪。赤い毛をした猿、ないしは赤い服を着た子供の姿をしていて、山に入った人の心を盛んに惑わし、里へと帰れなくしてしまう。
●紅衣小女孩(ホンイーシャオニュイハイ)
九〇年代に台湾のテレビ番組で紹介された動画。登山をしている家族の姿に交じって、その場にいるはずのない赤い人民服を着た少女の姿が映っていた。山から帰った家族はその後、様々な不幸に見舞われたという。

二〇一八年十一月下旬。赤い封筒の一件に関わりを持ってから五日目の昼過ぎ。

美琴はリビングで台湾の怪異にまつわる資料を読み漁っていた。

ネット通販で取り寄せた書籍が五冊、他には個人のブログやオカルト関係のサイトで見つけた記事をプリントアウトした物が三十枚ほど。

主には赤い封筒に関する詳細を眼目に、赤い色や血にまつわる怪異に注視点を定めて精査を進めていった。しかしその収穫は今のところ、芳しいものではなかった。

新たに分かったのは、赤い封筒（現地では紅包（ホンバオ）と言う）に関する文化的な背景が一点。

未婚のままに亡くなった女性に配偶者を充てがい、冥婚という形をもって供養とする行為自体は、日本のムカサリ絵馬供養などに見られる冥婚の目的と一分の変わりもない。

けれども台湾の赤い封筒については他にもうひとつ、古い中華圏の文化に裏打ちされた父権社会の思想にも色濃い影響を受けている節が認められた。

要するに女性というものは、誰かの妻になって家庭を支えることが最上の幸せであり、同時に妻という立場を獲得して、ようやく女性として一人前だという思想である。

美琴自身は結婚生活に幸せを感じているが、それは自ら望んだ幸福だからに過ぎない。

結婚という契約そのものに全ての女性を幸せにしてくれる効能があるわけではないし、結婚以外に幸福を見いだしたり、求めたりすることは、個々が有する立派な権利である。一概に婚姻のみが女性の幸せにあらずというのは、若い女の子でさえ解する道理である。封建主義的な時代が生んだ価値観として、昔は必然的な考えだったのかもしれないが、少なくとも今の時代性に当て嵌めて考える限りでは、不穏当な思想以外の何物でもない。無闇に女性の権利を否定したり、望まぬ幸福を押しつけたりするのは大問題と言えよう。問題の本質点のみを捉えるなら、今も昔も「理不尽」という一点において、その度合にさほどの変わりはないとも言える。

そんなふうに考えると、皮肉な情景も頭に思い浮かんできた。

過去の台湾においても結婚を望まない女性というのは、かならず存在したはずである。そうした女性たちも死後には遺族たちから殊更不憫に思われ、赤い封筒の儀式を通じて無理やり冥婚をさせられてしまった。中にはそんなケースもあったのではないだろうか。

仮定の話でそんなこともあったとするなら、この場合は故人の意向を完全に無視して強行された、遺族らの自己満足に他ならない。当事者の是非を問わないお見合い結婚や政略結婚などと同等か、あるいはそれ以上に質の悪い所業ではないかと美琴は思う。

とはいえこうした行為の動機になっているのは、故人の冥福であることも事実だった。たとえ本人の意向を差し置いたとしても、適当な相手を見つけて契りを結んであげれば、故人の女性はきっと幸せになって成仏してくれる。

女性の遺族が遺髪などを忍ばせた赤い封筒を外に置いて、それを拾ってくれる男性を物陰で待ち伏せるという一連の儀式は、あくまで故人の供養を目的とした行為に過ぎず、それ以上でもそれ以下でもない。ゆえに紅包という儀式全体に（拾ってしまった男性は気の毒にしても）悪意をもって他者の心身を蝕むような呪術的要素は皆無だった。

ゆえに答えとして、沖宮家の裏口に届けられた赤い封筒は、全てにおいて異質なのだ。作り自体は紅包の様式をなぞっているが、効能については美琴が現在、我が身をもって知らしめられているとおり、呪詛のたぐいと断じる以外に論を俟たない。

それもかなり悪質で、なおかつ甚だ強烈な力を擁する呪詛である。

黒い卵と麗麗の容態は、膠着状態を維持していた。言い換えれば、先行きの見えない好ましからざる状態が継続している。美琴の体調も過度に落ちていくことはなかったが、回復の兆しを見せることもなかった。どちらの問題に関しても自然に解消されることは有り得ないはずなので、相変わらず一刻も早い事態の終息が望まれる。

せめて封筒を届けた人物を特定できれば、解決への糸口が見つかるかもしれなかった。たとえば解呪の儀式をおこなうにしても、呪詛を講じた相手の名前や素性を知ることで、成功率が一気に跳ねあがることがあるし、他には呪詛返しという手段で、こちらが被る全ての被害をそっくりそのまま打ち返すこともできるかもしれない。

今のところ、いちばん現実的かつ確実な手段と考えられるのはこれしかなかったので、昨日は再度、沖宮夫妻の許を訪ねてみた。目的は近隣の探索である。

初めて赤い封筒に触れた時に感じた、鳥餅のごとくベタベタと粘つくような悪意の念。それと似通う念を発する家が近所にないか、改めて沖宮家の裏口（戸口の右上に立派な防犯カメラが付いていた）付近を皮切りに、住宅地の方々を二時間近く探って回った。

けれども結果は、空振りに終わってしまう。美琴が頭の中に有する特異なアンテナは、なんらの怪しい気配も感知することがないまま、探索を打ち切ることになってしまった。

現役を退いてそれなりに時間が経っているため、勘が鈍っていることも考えられたし、件の卵を頭に抱える体調不良が原因で、アンテナが上手く働かなかったのかもしれない。だからこうした結果をもって、近所に犯人がいないと見做すこともできないのだけれど、どっちつかずな結果に終わってしまったことが、却って美琴の判断を悩ませた。

テーブルの上に広げた資料に視線を泳がせながら、他に何か妙案はないかと沈思する。

そこへ廊下の先に面したバスルームのドアが「どん！」と大きな音を響かせた。

思わず短い悲鳴があがり、腰掛けていたソファーから身体が五センチほど浮きあがる。

それから呼吸を整え、耳を欹てて（そばだ）みたが、音はそれきり聞こえてくることはなかった。

意想外の出現から二日が経っても、得体の知れない赤い男はバスルームの中にいた。

ドアの表に指で描いた魔封じの紋様は、あれからまもなく白い紙と墨で正式に作った御札に置き換えたのだが、その後も男が外へ出てくる気配はない。今してくれたように一日のうちに三度か四度、ふいにドアを殴って脅してくるだけである。

差し当たり、封印が成功していることについては幸いだったのだが、その代償として美琴は毎日、自宅から徒歩で三十分近く離れた公衆浴場に通わされる羽目になっていた。

台湾の公衆浴場というのは、原則として入浴時に水着の着用を義務づけられているため、日本育ちの美琴にとっては、何をするにも違和感が凄まじかった。

今回の発端から事態を順番立てて鑑みるに（あるいはそんなことをするまでもなく）、赤い男も封筒絡みの災禍と見做して間違いないだろう。問題なのはその素性が分からず、対処法も今のところ、バスルームに封じておく以外にないということだった。

諸々の資料を探っていくのにおいて、赤い色や血にまつわる怪異に重きを置いたのは、男の素性を知るためだったのだけれど、現時点ではこちらの成果も無に等しかった。

代わりに得られたそこはかとない気づきは、台湾における怪異というのは、赤い色や血のイメージに根ざしたものが存外多いということである。

確かな理由についてはは自信がなかったが、ひとつの仮説として美琴が思い描いたのは、仏教的な要素全般に関する色味だった。各地に立ち並ぶ寺院や祈祷所、果ては個人宅で思い思いに祀られる祭壇に至るまで、この国に散見される仏教関係のオブジェクトには、とにかく赤を基調とした物が多い。寺院の壁や柱、軒に連なる提灯、祭壇上に掛ける布、果ては蝋燭の色に至るまで。例を挙げれば次々出るほど、赤が与する割合が非常に多い。こうした色味が、台湾人の潜在意識に死や他界を連想させるイメージとして擦りこまれ、結果的に赤い服や鮮血に塗れたお化けの姿が多数認められるようになったのではないか。

というのが美琴の見立てだったのだけれど、それらしい考察が思い浮かんだところで赤い男の正体が分かるわけではなかった。呪術関係の怪異に着目すると、養小鬼という死んだ赤ん坊や幼児の霊を使役する「養鬼術」というのが、多少気になりはしたものの、赤い男は大人の身体つきをしている。まもなく「これではない」と思い直した。

たとえ正体が分からずとも、ぶっつけ本番で魔祓いによる滅却を決行してみる。

こうした考えは、美琴の中にまったくなかった。その理由はふたつある。

ひとつには、黒い卵のほうに美琴が持ち得るあらゆる呪法が通じていないという事実。

魔祓いも解呪も呪詛返しも、講じた全ての手段が「無反応」を答えにして突き返された。

仮に赤い男の性質も黒い卵と同じなら、こちらは結果が大きく違ったものになるだろう。

美琴の魔祓いが一切効かないまでは同じとして、その後に向こうから返ってくる答えは
おそらく「無反応」ではなく、やられた分の「反撃」ということである。

先刻聞こえたドアを叩く轟音が脳裏を伝って鼓膜に蘇り、うなじがぶるりと震えだす。

理論的に考えて今の時点でそれを決行するのは、無謀というより自殺行為に等しかった。

男の拳を顔か腹に喰らって、どちらかに拳と同じサイズをした穴が深々と穿(うが)たれるのを
想像すると、目に涙が薄く滲んでくるほど強い恐怖に苛(さいな)まれてしまう。

ふたつめの理由はまさにこれだった。赤い男に対する過剰なまでの恐怖と拒絶感。

霊能師の職を辞めておよそ一年半。劉さんと結婚して台北に暮らすようになってから、
幽霊お化けのたぐいはほとんど目にしたことがない。ごく稀に街中で見かけるそれらも
大半は無害なものばかりだったので、格別に怖い思いをした試しがなかった。

だから現役時代に比べて「怖いお化け」に対する免疫が薄まっているのかと考えれば、そんなこともないだろうと美琴は思う。現役時代のかつては全身赤づくめの男などより、はるかにおぞましい姿をした異形たちと仕事で渡り合ってきたし、ありったけの勇気を振り絞って打ち滅ぼしてもきた。

ちなみに現役を退く最後期、美琴が対峙することになったのは女の顔をした蛇だった。それも背中に龍のヒレのごとく、無数の青白い女の首を一直線に生え並ばせた蛇である。見あげるほどの大きさがあった。

こうした規格外の化け物に対しても逃げずに立ち向かってきた実績があるというのに、バスルームにいる赤い男に関してだけは駄目だった。

理由はほとんど思い浮かばない。強いて挙げるなら「男を恐れる」という感情自体も、呪詛のような力がもたらす何かの作用なのではないかと思うぐらいだった。

理屈ではなく生理のほうに基づいた、本能的な恐怖と拒絶感。美琴の赤い男に対して湧きだしてくる心情はこのふたつ以外になかった。

黒い卵の災禍も含め、事態の解消に向けたあらゆる調査と考察を重ねてはいるものの、始まりから五日を迎えて手詰まりの感は否めない。

こういう時は旧知の友を頼ろうと思い、一昨日は日本の元同業者に電話を掛けた。初めは宮城で拝み屋をしている男性に連絡しようと思ったのだけれど、あいにく彼は今年の春から膵臓に大病を患ってしまい、体調はあまりよろしくないと聞いている。

そこで思案した末、彼と同じ宮城で拝み屋をしている、女性のほうを頼ることにした。浮舟桔梗という人で、年頃は美琴とほぼ同じ。彼女の家は初代に当たる祖母の頃から、代々浮舟桔梗の名前を引き継いで拝み屋の仕事を続けている。美琴が電話を掛けたのは、三代目桔梗である。

彼女とは一昨年の冬場、すなわち美琴が霊能師の職を辞する最後期に、宮城で起きたある特異な魔祓いの仕事を通じて知り合った。連絡を取るのは、およそ一年ぶりになる。日本と台湾の時差は一時間。日本のほうが一時間早い。美琴は二時頃に電話を入れた。幸い、桔梗は数度のコールで通話に応じてくれたのだけれど、その後の流れについては予期せぬものになってしまう。

通話が始まり、互いの近況報告を始めてまもなく、桔梗が骨折していることを知った。ひと月ほど前にうっかり変な転び方をしてしまい、右足首を折ってしまったのだという。経過は順調だったが、未だに松葉杖を突いて暮らしているとのことだった。

さらに加えて彼女も現在、かなり込み入った仕事を手掛けていることも知ってしまう。詳細までは明かされなかったが、なんでも宇宙人とＵＦＯに関する依頼とのことだった。驚きながら話に聞き入っていると、こちらの案件には例の膵臓を悪くしている拝み屋と、美琴もよく知っている仙台の女性占い師までもが、行動を共にしているらしい。

話の触りを聞くだけでも、かなり大掛かりな案件であろうことは容易に察しがついた。それで結局、美琴は自分の用件を言いだせないまま、頃合いを見計らって通話を終える。

こうした流れがあって、久方ぶりに交わした桔梗とのやりとりは、特にこれといった進展のないまま、美琴が桔梗の現状を気遣う形で幕締めとなってしまったのである。

ともあれ桔梗たちの現状を知ることができて、こちらも現状を把握することができた。やはり今回の件は、独りでなんとかするしかなさそうだった。

改めて決意のような思いを反復しつつ、リビングの窓のほうへ視線を向けた時である。ふと妙案が閃いた。正確には先にふとした記憶が蘇り、その後に続いて妙案が閃いた。

麻春美（マーチュンメイ）。先日、雑貨市場で声をかけてきた占い師である。

本職の占い師なら、台湾の呪詛についても何がしかの見識を持っているかもしれない。結果がどうなるにせよ、一度話を聞いてみる意義はありそうだと美琴は思った。

# 対症療法

先日、春美から受け取った名刺は処分せず、そのままバッグのポケットに入れていた。先に名刺に記載されている携帯番号のほうに連絡を入れ、予定を伺うべきかと考えたが、美琴は電話で流暢に話せるほど、北京語が得意ではない。

春美は先日、片言の日本語を話していたものの、電話口で互いに細かい意志の疎通ができるかどうかまでは分からない。だからアポなしで出向いていくことに決めた。

日が暮れるのを見計らって家を出て、前回よりもだいぶ早い時間に雑貨市場へ向かう。記憶を頼りに狭い路地の奥へ進んでいくと、無事に春美の姿を見つけることができた。

美琴が声をかけるよりも早く春美はこちらに気づいて、いかにも驚いた色を浮かべた。無理もない。一度占いを断った客が再訪してくるとは夢にも思っていなかったのだろう。挨拶をしながら近づいていくと、ようやく春美の顔に笑みが差し始めた。

「この間はどうも。また来てくださって、わたしうれしいです」

黄色い布が敷かれた小さな机の向こうから春美が声を弾ませる。

「そう言っていただいて、ありがとうございます。実は折り入ってご相談したいことがあるのですが、少しだけお時間よろしいでしょうか……？」

尋ねた美琴に春美は「勿論ですよ！」と答え、机の前に置かれた椅子を両手で示した。

改めて軽い挨拶と自己紹介を交え、美琴は言葉を慎重に選んで話を始める。

まずもって、自分が元霊能師だという事実は伏せた。霊能関係の職種を営む人間には一定数、同業者と関わることを良しとしない者もいるので、無為な警戒心や拒絶反応を抱かせないようにするためというのが、理由のひとつ。ふたつめの理由は、美琴自身も不用意に自分の素性を明け透けにしたくなかったからである。

そのうえで赤い封筒の件は、少々筋を変えて説明した。

数日前、美琴が懇意にしている知人夫妻の家に、薄気味の悪い赤い封筒が届いたこと。これはほとんどそのままに事実を伝え、そこから先は知人の夫妻が〝霊能師〟としての美琴に救いを求めてきたのではなく、ふたりよりも少しだけ台湾暮らしを長くしている美琴に救いを求めてきたということにした。

続いて、封筒のほうは美琴が持ち帰ることになり、即日燃やして処分したのだけれど、処分の前後辺りから体調が崩れ、自宅のバスルームに怪しい気配も感じるようになった。

これは封筒を家の中に持ちこんだ、もしくは燃やしてしまったことによる障りなのか？

またこうしたトラブルが起きた場合、台湾ではどのような対処をするのが最善なのか？

こんな具合に事実の細部をぼかし、最後に気になる質問を添えて話を結んだ。

「赤い封筒、本当は呪いに使う道具じゃないんですが、その封筒の場合は、目的が呪い。そんな感じがいたします」

つかのま気遣わしげな視線で美琴の顔を見つめたあと、春美は訥々(とつとつ)とした声で答えた。

封筒が赤いマジックのような物で染められていたというのが、まずもっておかしいし、亡くなった娘の婿を捕まえるのに個人宅の裏口に封筒を置くのもありえないと言う。

「そもそも紅包は昔の台湾の田舎、農村部とかでひっそりおこなわれていた風習でして、今はそんなことする人、田舎でも滅多にいない。都会だともっといないはずです」

春美の言葉に美琴もうなずく。概ね同じ意見だった。やはり沖宮夫妻宅に届けられた封筒は、初めから冥婚などが目的ではなく、ふたりか、あるいはどちらかを呪うために届けられた物。美琴の身に起きている状況から見ても、やはりその確率は高そうである。

「仮に呪いだとしたら、どういう対処をするのが望ましいんでしょう?」

「うーん……呪ってる相手を突き止めるのが一番ですが、心当たり、ありますか?」

「いいえ。残念ですけど、警察もそんなに熱心には動いてくれてないみたいで……」

美琴が短く息を漏らして答えると、春美もそれに合わせるように短く渇いた息を吐き、それから机の上で両手を組みつつ、思案げに首を斜めにうつむかせた。

「良ければお香、試してみますか?」

十秒ほどして顔をあげた春美が、笑みを浮かべて訊いてくる。

「これです」と言いつつ、机の隅に置かれていた木箱の蓋を開け、中からビニール袋に包まれたお香をひとつ、取りだしてみせる。ひょろりと長い三角形をしていて、色は赤。人差し指と同じぐらいの尺をしていた。ビニール越しにも香りが薄く漂ってくる。

「除障香(じょしょうこう)。呪い返しのお香ではないけど、悪いものを清める力、多少はあります」

机上に置かれたお香と美琴の顔を交互に見ながら春美が言う。

試してみる価値はあると思った。なぜなら今は藁にでも縋(すが)りたい状況なのだから。

礼を述べて値段を尋ねると、ほとんどタダも同然だった。呪い等に関する相談料金も夜市で供される一人前の小籠包とほぼ同じ。良心的だと美琴は思った。

「また何か困ったことあったら、いつでもどうぞ！」

帰り際、明るい声を弾ませる春美に改めて礼を言い、薄暗い路地をあとにする。

気になるようなご縁を感じてしまったんです——。

家路をたどるさなか、春美に先日言われた言葉が脳裏に薄々と湧いてきた。

少し前までは悪いことが起きる前触れかと身構えたし、実際のところ、今は凄まじく悪い状況に巻きこまれているところではあるけれど、春美が言った「ご縁」というのは、今夜のようなやりとりを指しての意味だったのかもしれない。

してみれば、実にありがたい縁だったのだと美琴は思う。光明が少し見えた気もした。


帰宅後、すぐにお香を焚いてみた。

初めはバスルームの前で焚くべきかと迷ったのだが、まずは麗麗の容態が優先だった。

手頃な小皿にのせたお香をリビングのテーブルに置き、マッチを擦って火をつけた。

お香の先から白い煙の筋が立ち昇り、苺(いちご)を思わせる甘い香りが鼻腔に感じてきたのを合図にして、ソファーの上にそっと身を横たえる。いつもの要領で瞑目しながら意識を集中すると、まもなく視界に内なる世界が現れた。

同時にあれも聞こえてくる。

「せらせらせらせらせらせらせらせら……」

森の中の家に入る前から、何かの囀りめいた甲高い音は、美琴の鼓膜をくすぐった。

緑色のドアを開けて中へ入ると、黒い卵のような瓶はそのままの形で居座っている。

「麗麗、大丈夫……?」

瓶の中に並々と張られた朱色の液体に声をかけても、答えは返ってこなかった。

「せらせらせらせらせらせらせらせら……」

耳には、脳の襞をざらつかせるような薄気味の悪い音が聞こえ続けてくるだけである。

液体に向かって両手をぐっと突きだしてみたが、こちらの結果もいつもと同じだった。

水面は硬い質感を宿したように美琴の手掌を拒み、中へと差し入れることができない。

「どうして……」

一縷の望みを抱いて突きだした両手を戻し、それから瓶を倒そうと試みたのだけれど、
こちらも結果はいつもと同じ。びくとも動いてくれなかった。

お香は効かないのだと思うよりなく、美琴は大いに打ちひしがれる。幽かにながらも、
未だに卵の中から麗麗の気配を感じられることだけが、ただひとつの幸いだった。

# 捕縛

事態が大きく動いたのは、その翌日のことだった。

美琴が暗い気分で寝室から起きだした午前八時過ぎ、寧子から電話が入った。

犯人が捕まったという。

沖宮家の裏手に面した家に住んでいる、独り暮らしの女とのことだった。

「カメラにもばっちり映っていたから、警察も犯人で間違いないでしょうって！」

興奮気味に捲し立てる寧子の説明を一頻り聞き終えると、美琴は急いで身支度を整え、あとは脇目も振らず自宅を飛びだした。

最寄り駅へと向かうさなか、本心では走りたい気分だったのだけれど、起きがけから頭と身体に感じる重ったるさがまた一段と強まったようで、思うようにはいかなかった。

それでもできる限りの早足で歩を進め、駅へと続く道を進んだ。

「今度は封筒、警察がちゃんと持って帰ってくれました」

午前十時頃、目的駅の改札口で待っていた寧子は、心底安堵した顔つきでつぶやいた。隣に並ぶ正芳も「これで一応、安心ですかね」と笑う。

沖宮家へ歩いて向かう道すがら、ふたりから改めて事のあらましを伺う。

今朝方、五時過ぎのことだという。

トイレに起きた正芳は、家の裏庭から不審な足音が聞こえてくるのを耳にした。気配を忍ばせながら裏庭に面したキッチンへと移動し、窓から外の様子を覗き見ると、黒いジャージを上下に着こんだ女が庭を突っ切り、こちらへ向かってくるところだった。迷いのない足取りでほどなく裏口まで到着した女は、ドアの前辺りで動きを止める。

防犯カメラのモニターもキッチンの中にあった。カメラはドアの前に敷かれた石段を斜め上から見おろす形で設置されている。

今度はモニター越しに様子をうかがうと、カメラに映る女は石段の手前で立ち止まり、ズボンのポケットをまさぐり始めたところだった。まもなくポケットから出てきたのは案の定、例の赤い封筒である。

素早い動きで屈みこんで石段のまんなかにそれを置くと、再び膝を伸ばして踵を返す。

モニターから女の姿が消えた。正芳もモニターから視線をキッチンの窓へと戻す。

早朝の青白い薄闇に染まる裏庭の中、女の背中が戻った先は、高さ一メートルほどのボーダーフェンス。それが遮る裏の家だった。

ご丁寧にフェンスの前には、丈の短いアルミ梯子が掛けられていた。

沖宮家のほうに面したフェンスの前と、その裏側に一本ずつ。女が梯子をよじ上って裏の家の敷地へ戻っていく動きで、梯子が両側に掛けられているのが確認できた。

くるりと身体の向きを変えながらフェンスの裏手に帰還した女は、続いて柵の上から上半身をぬっと突きだす姿勢になる。それからこちら側に掛けられていた梯子を両手でずるりと持ちあげ、裏の敷地へ引っ張りこみながら姿を消していった。

「すぐに警察を通報したんですけど、今度はしっかり動いていただきました」

半時ほどで駆けつけた警官たちはカメラの映像を確認すると、裏の家を訪ねていった。

体裁上は聞きこみという名目での訪問だったが、住人の女に事情を説明し始めたところ、あっさり罪を認めたのだという。沖宮夫妻は、彼女の家から届いた泣き声も聞いている。

その後、女は一応身柄を確保され、今はおそらく警察署にいるのではないかという。

「パトカーに気づいて集まってきた近所の人に訊いたら、心を病んでいる人でした」

寧子が言うには、五年ほど前に離婚して以来、女は様子が少し変わったらしいという。基本的には家に引き籠っているが、たまにわけの分からない独り事を喚き散らしながら外を歩く女の姿を見かける近隣住人もいるらしい。

「昔から、外国人に対してあまりいい感情を持っていないって話も少し聞きましたので、うちにあんな封筒を届けにきた理由は、単にそういうことなのかもしれませんね」

眉をひそめ、残念そうな面持ちで正芳が言う。

ここまで話を聞いたところで沖宮家に到着した。リビングに通してもらう。

「こちらが名前になります。どうぞ」

寧子がお茶を淹れている間、正芳がメモ用紙に女のフルネームを書いてくれた。

まずはこれが欲しかったのだ。相変わらず重苦しい頭に、安堵の情が沁みだしてくる。女の年頃は五十代半ば。住所も番地を含めて教えてもらった。情報は多ければ多いほど、呪い返しを決行する際の精度が増す。

と言っても、ふたりにこうした説明はしていない。美琴が女の情報を欲しがる理由は、今後における防犯のためということにしておいた。

道切りという祈祷がある。自分にとって好ましからざる他人との縁を遠ざける祈祷で、現役時代の美琴は、ストーカーやＤＶに関する相談などでよく使った。

その後、防犯カメラで撮影された女の姿も見せてもらい、リビングで道切りの儀式を執り行わさせてもらう。

用いる道具は有り合わせで揃えた物を持参した。呪文も久しぶりに唱えたのだけれど、途中でつっかえることもなく、なんとか空で唱えきることができた。

「良かった……。これでさらに安心することができます。美琴さん、このたびは本当にお世話になりました。心から感謝しています」

儀式を終えたあと、正芳に率直な言葉を向けられ、夫婦揃って深々と頭をさげられる。

「できる限りのことをしただけです」と応えを返し、それからまもなく沖宮家を辞した。

帰りの電車に乗りこむ頃は、頭も身体もさらに重さが増したような感じがしたけれど、あともう少しの辛抱、家に帰り着くまでの我慢だと自分に言い聞かせながら堪えた。

そうしてやっとの思いで帰宅するなり、正芳にもらった資料を慌ただしくリビングのテーブルに並べ、今度は呪い返しの儀式を始めた。

女の名前と年頃を声にだして読みあげ、住所も一言一句はっきりと読みあげたうえで、頭に巣食う卵とバスルームにいる赤い男の滅却、ないしは相手への返戻を念じる。

これでもかと思うほど強い気持ちで呪い返しの呪文を唱え終えると、いつものごとくソファーに寝そべり、内なる世界へ駆けこんだ。

目蓋の裏に麗麗の住まいが見え始めたとたん、美琴の背筋がしんとなる。

「せらせらせらせらせらせらせらせらせらせらせらせらせら……」

音が家の中から聞こえてくる。静かに絶え間なく、美琴の希望を踏み躙るかのように。

思わず苦い呻きをあげながら玄関ドアを開けると、やはり卵は居座っていた。

「麗麗！」と声を張りながら朱色の水面に寮の拳を振りおろしてみたが、どちらの拳も瓶の中へと沈んでいくことはなかった。水面のところで強固に撥ねのけられてしまう。

狼狽しつつ瓶の前にへたりこんだところで、鼓膜を突き破るような爆音が鳴り響いた。

「どん！」という渇いた音に思わず意識が引き戻されてソファーから飛び起きたとたん、廊下のほうから笑い声が聞こえてくる。

「ぬぁはは」という下卑たその声を耳にするなり、美琴の目から涙の粒がこぼれ始めた。

# 究極の選択

明花(めいか)さんが大学生の頃の話である。

真夏の深夜、当時暮らしていたアパートで、彼氏とこっくりさんをやることになった。

動機と理由はたまたま時間を持て余していたことと、明花さんも彼氏もこっくりさんが未経験だったからに過ぎない。

交信に用いる五十音などを並べた図表は、彼氏が作った。できあがった交信盤の上に十円玉をのせ、さらにふたりの人差し指をその上にのせる。

「こっくりさん、こっくりさん、おいでになりましたら合図をお見せください」

半信半疑で声を揃え、十円玉に向かって語りかけると、やおら一分ほどの間を置いて十円玉はゆるゆると動きだした。

「すごい！」と声を弾ませ、紙の上の文字を滑る十円玉の動きを追う。

どちらがしぬ？

まもなく動きを止めて完成した一言の問いかけに、ふたりはぞっと身を強張らせる。
「動かしてない……？」と尋ねた明花さんに、彼氏は即座に「ありえない！」と答えた。
気味が悪くて堪えられず、明花さんはすぐさま交信盤を掴んでぐしゃぐしゃに丸めると、
ゴミ箱に放りこんでお開きとした。

彼氏が亡くなったのは、それから四日後のことである。
バイト先からの帰り道、ホームの先頭で電車を待っていたところを頭のおかしな女に
突き飛ばされ、急行電車に轢かれて粉々になった。
以来、明花さんは「こっくりさん」という字面を目にしただけでも激しい震えが生じ、
吐き気を催してしまうようになったという。

# 痛恨のメメちん

会社員の徳野(とくの)さんに新しい彼女ができた時のこと。

相手は勤め先の同僚に紹介してもらった女性で、とても優しく気立てのいい人だった。

付き合いが始まってひと月ほどが経った頃、彼女が暮らすアパートに初めて招かれる。

手作りの夕飯をご馳走してくれるという。泊まっていってほしいとも言ってもらえた。

休日の夕方、どきどきしながら彼女の部屋に入ると、リビングに置かれた洋服箪笥の上に目が留まった。人形が両脚を突きだして座っている。

翡翠(ひすい)色のドレスを着た、金髪頭の人形だった。背丈は赤ん坊と同じぐらい。

「紹介するね、メメちんって言うの」

小学生の頃に、今は亡き母から買ってもらった人形なのだという。一人っ娘の彼女は、メメちんを妹のように可愛がっているとのことだった。

それから彼女はさっそく晩御飯の支度を始めたが、ほどなく調理に使うケチャップを切らしていることに気づく。近所のコンビニまで急いで買いにいってくるという。

特に欲しい物がなかった徳野さんは留守番をすることにしたのだが、まもなくすると独りになった部屋の中で、良からぬ好奇心が湧いてきてしまった。

彼女が持っている下着のコレクションを、じっくり観察したくなったのである。

与えられた時間は少ない。躊躇している余裕はなかった。急いで箪笥の前へと向かい、引きだしの把手に手を掛ける。

そこへ「ばかん!」という轟音とともに、落雷に打たれたような衝撃が頭頂部に走る。

ぎょっとなって視線をあげると、箪笥の上からメメちんが凄まじい形相をこしらえて、徳野さんを見おろしていた。怒りに震えるシーサーを思わせる顔つきだった。

頭に感じた衝撃は、メメちんの踵落としによるものである。それが証拠にメメちんの右脚は再び垂直の線を描いて、ぎりぎりと音を軋ませながら振りあがろうとしていた。

徳野さんは悲鳴をあげて部屋を飛びだすと、二度と戻ることはなかった。

彼女との関係もこの日を境にぎくしゃくしたものとなり、それから一週間も待たずに別れることになったそうである。

# 存在不能

会社員の嵯峨部（さがべ）さんが二十年ほど前に体験した話だという。

その歳の夏場、嵯峨部さんは友人たちと北関東にあるキャンプ場へ泊まりに出掛けた。

奥深い山中に位置する敷地内には湖があり、湖畔でボートを借りて遊ぶことができる。

嵯峨部さんは友人をひとり誘って、さっそく漕ぎだすことにした。

湖面のまんなか辺りには、緑の樹々がまばらに生える小さな島が浮かんでいる。

差し当たり、島を目標に進んでいくことにする。

ほどなく島の近くまでたどり着くと、島の上に若い女性たちの姿が見えた。

人数は三人。いずれも色鮮やかな浴衣（ゆかた）を着ていて、片手に団扇（うちわ）を持っている。

綺麗な娘たちだったので見とれていると、向こうもこちらへすっと視線を向けてきた。

揃って無邪気な笑みを浮かべ、「よければ来ませんか?」と手を振り始める。

断る理由などなく、こちらも満面の笑みを返しながら島の岸辺へボートを寄せる。

上陸すると女性のひとりが「食べますか？」と、林檎飴を差しだしてきた。

礼を言いつつ、受け取って櫂りつこうとしていた時である。

友人が怪訝な顔をしていることに気がついた。彼は岸辺のほうに視線を向けている。

それを見て、嵯峨部さんもまもなく不審を感じた。岸辺にあるのは嵯峨部さんたちが乗ってきたボートが一隻あるだけで、彼女たちのボートがない。

誰かに乗せてきてもらったのかと思い、再び視線を戻す。

するといつのまにか、彼女たちの姿が島の上から消えていた。

慌てて周囲を見回してみたが、やはりどこにも姿が見えない。

それに加えて、もらったはずの林檎飴も手から消えていることに気がついた。

「確かにいたよな？　飴も絶対受け取ったよな……？」

尋ねると友人は、今にも泣きだしそうな顔で「ああ……」と答えた。

島は湖の岸辺から百メートル以上も離れている。水は冷たく、底も深いと聞いている。

船もないのに娘たちが島にいるなど、絶対ありえないことだった。

みるみる怖気を感じたふたりは、すぐさま島から逃げだしてきたそうである。

# パラオの妖かし

貴理子(きりこ)さんは十年ほど前、彼氏とミクロネシアのパラオへ旅行に出掛けた。

主な楽しみは海水浴。宿泊先も部屋の窓からビーチが臨めるホテルを選んだ。

現地に着いて三日目のことである。この日は午後からビーチへ繰りだした。

海に入って三十分ほど水遊びを楽しむと、貴理子さんは砂浜に戻って日光浴を始めた。

一方、彼氏のほうは愛用のバナナボートに乗って、もう少し波のうねりを楽しむという。

貴理子さんが砂地に敷いたレジャーシートに寝そべり、まもなくした頃である。

閉じた目蓋越しにふっと暗い影が差すのを感じた。

彼氏が戻ってきたと思って目を開けたとたん、ぎょっとなって悲鳴があがる。

仰向けに寝そべる貴理子さんを見おろしていたのは、得体の知れない金髪の女だった。

ふたつの眼窩(がんか)は真っ黒で、目玉の代わりに無数の小さな黒い粒がもぞもぞと蠢いている。

すかさず身体を横へ転がしながら飛び起きると、女は姿を消していた。周囲に視線を巡らせても、砂浜でくつろぐリゾート客の中に外見が一致する人物は見当たらない。

おろおろしているところへ彼氏が海から帰ってきた。顔色が真っ青になっている。

こちらが今しがた起きたことを説明する前に、彼氏のほうが先に口を開いた。

「海でお化けの女を見た……」

先ほどバナナボートに乗って波間を漂っていたところ、沖合のほうからひとりの女が近づいてきたのだという。長い金髪頭の女で、海面に首から上だけを覗かせている。

初めは立ち泳ぎで向かってきていると思っていたのだが、距離が狭まってくるにつれ、女は水の中を不動の姿勢で滑ってきていることに気がついた。

それも人間業とは思えない、凄まじい勢いで近づいてくる。

みるみる迫られるうちに、女の顔もはっきり見えるようになってきた。大きく開いたふたつの眼窩は真っ黒で、目玉の代わりに無数の小さな黒い粒がもぞもぞと蠢いている。

彼氏が悲鳴をあげたとたん、女はにやりと口角を吊りあげ、そのままどぶんと水中に頭を没した。ついで女が消えた水面に白波が立ち、人魂を思わせる長い尾を引きながらこちらに向かって一直線に近づいてくる。

そこに至ってようやく我に返った彼氏は、死に物狂いで浜まで戻ってきたのだという。

今しがた、自分も同じ女を見ていなければ、少なくとも彼氏が見たという女のことを「お化け」だとは信じなかったかもしれない。だが、貴理子さんの脳裏に残る女の顔も「お化け」としか思えない代物だった。

貴理子さんも「同じ女を見たよ」と打ち明けると、彼氏はひどく気味悪がってしまう。「何者なんだ？」とせっつかれたが、やはり「お化け」としか答えようがなかった。


その晩、夜更け過ぎのことである。

隣で寝ていた彼氏が、悲鳴をあげて目を覚ました。

悲鳴につられて目覚めた貴理子さんが事情を尋ねると、彼氏は「夢を見た」と答えた。

昼間、海で出くわしたあの女が、寝ている彼氏の顔まで迫ってくる夢を見たのだという。

「目の中で動いていたのは、全部小さな虫だった……」

歯の根を震わせながらこぼした彼氏の言葉に、貴理子さんもぞっとなってしまったが、夢は所詮夢である。「大丈夫」と宥めすかし、どうにか二度目の眠りに誘いこむ。

翌朝、貴理子さんは七時頃に目覚めたが、彼氏が再び目覚めることはなかった。

肩に触れる彼氏の身体の冷たさに悪い予感を覚えて様子をうかがうと、両手で両目を塞いだ姿勢で事切れていた。

のちになって死因は心臓発作によるものと診断されたが、そんなことを知らされても納得することはできなかった。代わりに、丸く見開いたふたつの眼窩の中で小さな虫が無数にざわめく女の顔が何度も脳裏に蘇り、怖気を震うことになる。

幸い、帰国に至るまでの間に夢の中を含めて、女に出くわすことは二度となかったが、パラオに滞在中は視界の中に海が見えることさえ、恐ろしくて堪らなかったという。

# 赫怒の刻印　急

平静を保つ。心を平静に保つ。乱れた心は、乱れた思考を生みだすだけ。

弱気にならない。心を強く維持する。弱った心は、麗麗の心身にも悪い影響を及ぼす。

思いつく限りの前向きな言葉を、頭の中で呪文のごとく繰り返す。

今や美琴にとって、こうした言葉の反復が唯一、心の均衡を保持する術になっていた。

二〇一八年十一月下旬。赤い封筒の犯人が明らかになって、二日後のこと。

午後の三時を半分過ぎた頃に、美琴は自宅マンションの裏手に面した公園に来ていた。

先日、芝生を駆け回る女の子を眺めた時と同じベンチに腰かけている。

三十分ほど前、リビングで台湾の怪異に関する資料を調べている最中に、劉さんから電話が入った。元気な声が聞けて、つかのま心が安らいだのだけれど、通話が始まって二十分近く経った頃、またぞろバスルームのドアが「どん！」と大きく打ち鳴らされた。

一応確認はしてみたが、音は劉さんには聞こえなかったという。幸いなことだったが、美琴のほうはそれから気分が落ち着かなくなってしまい、ほどなく通話を切りあげると家を抜けだし、半ば退避するかのような形でこの公園に身を置き始めた。

劉さんが帰国してくるのは、五日後のことである。期限はすでに一週間を切っていた。それまでに諸々の問題を解決できる見込みは（「決して希望を捨てたわけじゃない」と、心の中で前置きしながらも）偽らざる現状から鑑みて、薄いと思わざるを得ない。

呪詛返しは、何度試みても効果を発揮することがなかった。

それればかりか、手応えすらもまったく感じることがなかった。

呪いを仕組んだ相手の素性を解したうえで呪詛返しをおこなう場合、多くは相手側が心に示す感情の動きや苦しみなどが伝わってくるものなのだが、相手が件の女の場合は、そうした反応すらもわずかに感じ取ることさえできなかった。

向こうの女が相当強い防護策を備えているのか、あるいは美琴がおこなう呪詛返しが日本流のものだから通用しないものなのか、理由についてもまったく分からなかったし、分からないということは事実上、お手上げということになってしまう。せっかく術者の正体が明らかになったというのに、もどかしい気持ちでいっぱいだった。

劉さんが帰ってきたら、バスルームはどうしたらいいのかというのも悩みの種だった。赤い男の姿が劉さんの目に視えようが視えまいが、バスルームに入ってしまったら最後、なんらかの悪い影響を受けることは想像に難くない。

いっそ事情を説明して、しばらく夫婦で公衆浴場に通うという手も考えたのだけれど、美琴の本音はこの期に及んでも、今回の一件は最後まで秘密のままにしておきたかった。こうした醜態を知られるのは嫌だったし、夫に心配をかけてしまうのはもっと嫌だった。やはり自分が起こした不始末は、自分の力できちんと解決しておきたい。

「だってそうでしょう？　麗麗」

夕風に煽られ、目の前で赤い花を揺らす鳳凰木を眺めながら独りごちる。

泣きたい時も悩める時も健やかなる時も、先日までは声をかければ、いつでも麗麗が眩しい笑みを浮かべて、すぐさま「なーに？」と応じてくれたのに。ひどく寂しかった。よもや台湾に暮らしていて、こんな事態になるとは夢にも想像していなかった。

それでも今になってみるとなんとなくだが、因縁めいたものを感じないでもない。

麗麗という可愛らしいタルパは、美琴が小学生の頃に受けた激しいストレスが高じて、無意識に形作られた存在である。ただ、その容姿については少々心当たりがあった。

美琴が初めて台湾を訪れたのは、小学一年生の頃。両親との海外旅行でのことだった。この時も台北を中心に滞在して、各地の名所を回って歩いた。

初めての海外旅行ですごく楽しい思い出になったのだけれど、それから半年後に父は癌を患って亡くなり、母も交通事故で突然この世を去ってしまった。

その後、美琴は信州の田舎に暮らす父方の伯父夫婦に引き取られ、虐待を受けながら鬱々と育ぐまれることになるのだが、然様に辛い日々の中でいつも思いだしていたのは、両親と最後に出掛けた、台湾旅行の幸福に満たされた情景だった。

そうした目眩く日々の思い出に触発され、いわば安らぎの象徴として形成されたのが、出逢いの始まりにおける麗麗の容姿――白いお団子頭と青いチャイナ服だったのである。名前の響きも含め、何もかもが当時の美琴の心を和ます存在として麗麗の形は創られた。美琴はこんなふうに解釈していたし、おそらく答えは間違っていないとも思う。

こうした背景があって元は日本で生まれた麗麗が、今は台湾で窮地に陥っているのだ。たとえ大きな意味がないのだとしても、やはり何かの因縁めいたものを感じてしまう。

黒い卵の中から気配は今でも感じ続けている。今日も朝と正午の二回、意識の内へと入って様子を見にいった。こちらはあと、どれぐらいの猶予が残されているのだろう?

思いに耽(ふけ)りながら見あげた空は、そろそろ薄墨(うすずみ)色に陰り始めていた。時刻は四時過ぎ。一時間後には日が暮れる。

家を出てくるついでに公衆浴場に行く支度も整えてきた。やはり水着姿での入浴には妙な恥ずかしさを感じて気が進まなかったのだけれど、熱い湯には毎日浸かりたかった。時間も頃合いかと判じ、ベンチの脇に置いた入浴用バッグに手を伸ばす。

そこへスマホの着信音が鳴った。

劉さんかと思って画面を見たとたん、思わず顔が綻んでしまう。

「もしもし、ミコっちゃん？　久しぶりだね。元気にしてた？」

「こちらこそ、ご無沙汰してます！　小夜歌(さやか)さん！」

電話口から明るく響く声音を聞いていると、美琴の頬はますます緩んで声も弾んだ。

日本から電話をかけてきてくれたのは、城戸(きど)小夜歌。仙台に暮らす占い師である。先日電話で話した桔梗と同じく、年は美琴とほぼ同年代。やはり桔梗のそれと同じく、小夜歌とも一昨年に宮城で起きた、ある特異な魔祓いの仕事を通じて知り合っていた。

「瑠衣(るい)ちゃんから聞いた。こっちに電話よこしたんだって？」

小夜歌が言う。「瑠衣」というのは、三代目桔梗の本名である。

「ええ。しばらくぶりで桔梗さんの声が聞きたくて」

　白々しく嘘をついて答えたが、疚しさや悪意があっての判断ではない。先日の電話で桔梗から聞かされているとおり、件の宇宙人とＵＦＯ絡みの案件とやらには、小夜歌も関わっているのである。忙しくしている時期に無益な心配をかけたくなかった。

「そう。なるほどね。で、最初の質問の答えはどう？」

　一瞬、なんのことかと思ったのだけれど、少し間を置き「元気にしてた？」に対する回答だろうと思い做す。美琴は軽い挨拶程度の声掛けと認識していた。

「まあまあ元気にしてますよ。小夜歌さんのほうはどうですか？」

「あたしは至って元気。ミコっちゃんはまあまあか。……もしも良かったらなんだけど、どんな感じで『まあまあ』なのか聞かせてくれない？　良かったらでいいんだけど」

　言葉の途中から、声のトーンを少し落として小夜歌が言った。まるで電話口を通して何かを感じ取っているかのように。あるいはこちらに電話を掛けてくる前から、何かを感じ取っていたかのように。

　場繋ぎ的に小さく「うん……」と声音を濁らせながら考え、直感的に出てきた答えは、「占い師の勘を信じよう」だった。それも美琴がいちばん信頼できる占い師の。

だから思いきって、今日までに起きた一連の流れを小夜歌に包み隠さず伝えていった。

小夜歌は麗麗の存在も知っているので、黒い卵に関する説明も容易に為すことができた。

それに加えて小夜歌は何かと面倒見の良い性分ということもあり、話の聞き取り方も上手だった。美琴は初めのうちこそ、躊躇いがちに言葉を選んで話していたのだけれど、いくらも経たずに素直な気持ちをこめた言葉で、すらすら説明ができるようになった。

「なるほど、そういうことになってたか……。やっぱり連絡取って正解だったね」

全てを聞き終えたのち、小夜歌は前置きに「うーむ……」と声を唸らせてから答えた。

聞けば昨日の夜頃から、なんとなく美琴に対して悪い予感を抱き始めていたのだという。

「どうしたらいいのかな？　何かいいアドバイス、ありますか？」

「あたしは占い師なんで、呪いとか祈祷とか、そっち方面の知識に関してはからっきし。でもね、得意分野のほうではちょっとだけ、自信を持って答えられることはあるよ」

「なんでしょう？　教えてください」

「ミコっちゃん。多分だけどさ、家に何か、災いの元になっている物があると思う」

低い声音で答えた小夜歌の言葉に、美琴は唸りをあげて首を捻った。

赤い封筒は燃やしたことを伝えたし、他に怪しげな物品が家の中にあるとは思えない。

「それってたとえば、どういう物だと思います？」

「頭にはっきり画が出てくるわけじゃないから、確実に『コレ』とは言えないんだけど、もしかしたら物品じゃなくて、判子とかそういう印みたいな物の可能性もあるかな？」

　これには眉根を寄せてしまう。そんなものを家のどこかに押したり、押されたりした覚えもなかった。赤い封筒の一件に関わり始めた時期まで遡っても心当たりはない。

「ごめんね。どっちつかずなヒントになっちゃって。でも、ミコっちゃんの家のほうになんだか良くない物があって、それが黒い瓶の障りになっているのは間違いないと思う。そういう印象を、昨日の夜から感じ取ってる。良ければいっぺん、神経を尖らせながら、じっくり探りを入れてみてくれない？」

　いかにも申しわけなさそうな声風で小夜歌が言う。

　断る理由はなかったし、小夜歌の勘も疑ってはいなかった。ありがたい助言である。

「分かりました。これから家に戻りますから、徹底的に調べてみます」

「何かヤバいことになりそうだったら、すぐに連絡して。いざとなったら遠隔を頼もう。瑠衣ちゃんや郷内さんに知らせれば、海を越えてもお祓いしてくれるはずだからさ」

　これもありがたい提案だった。目の奥が少し熱くなる。

「うん。ありがとうございます。わたしも諦めないでがんばってみますね」

精一杯の親しみをこめてお礼の言葉を伝え、小夜歌に励まされながら通話を終える。

時刻は五時を半分過ぎていた。西日はとうに沈んで、辺りはすっかり暗くなっている。

「物。もの。モノか……」

小夜歌に言われた言葉を頭の中で反芻しながら、公園の出入口へ向かって進み始める。

やはり心当たりになることは思い浮かんでこなかったが、自前の特異なアンテナだけは歩き始めてすぐから鋭く尖らせていった。

不可抗力で公園内の歩道を蹌踉う足取りでゆっくりと歩く、身体が半分透けた老婆の姿が視えてしまう。慣れ親しんだこの公園でお化けを視たのは初めてだったのだけれど、そちらは一瞥しただけで視線を戻し、さらにアンテナを鋭く高く伸ばしていった。

おかげでマンションのエントランスまで戻ってくる頃には、準備は万端になっていた。

家じゅうの家財道具を引っくり返してでも災いの元凶を見つけてやるという意気込みで、自宅へ続く回り階段を上っていく。

果たしてこうした過敏なまでのコンディションが功を奏したのか、それとも小夜歌が与えてくれたヒントが美琴の心に大きな気づきの力を与えてくれたものなのか。

階段を上りきって玄関ドアの前まで至ると、家の中へ入る前に怪しい気配を感知する。気配の発信源は思いもよらない場所にあったが、微弱ながらも美琴が捉えたポイントにおそらく間違いなさそうだった。

答え合わせを始める前から「こういうことか……」と美琴はつぶやき、それに続けて自分の直感が示すままの行動をさっそく始めてみることにした。

# 秘声

専業主婦をしている志秋(しあき)さんの身に起きた話である。

ある時、同居していた義母が病気で亡くなった。百箇日法要を済ませたのを境にして、遺品整理をすることになったのだが、そこからひとつだけ奇妙な品が見つかった。

全体が真っ黒に染まる、音楽用のカセットテープである。色は元から黒いのではなく、マジックか何かで念入りに、満遍なく塗られたものだった。

テープは義母が生前、自室で愛用していた文机の引きだしの奥から見つかった。

まるで隠すかのような配置をされていたこともあり、自ずと中身が気になってしまう。悪いと思いながらも、災害用に常備しているラジカセで再生してみることにした。

「目が合うだけでもしんどいんだよ。できれば口もつけたくない……」

聞こえてきたのは在りし日の義母の声だったが、ひどく沈んだ陰気な声風だった。

「料理の出来にいちいち文句をつけるな……機嫌の悪さを人にぶつけて発散するな……脱いだ服はきちんと畳め。やることなすこと、何もかもが忌々(いまいま)しい……」

もそもそとした調子で止めどなく囁く言葉の連なりに、初めのうちは混乱していたが、やがて義母が語るそれらの全容が分かったとたん、志秋さんはぞっとする。

義母がテープに録音していたのは、全て義父に対する不平不満を表わす文言だった。

志秋さんが記憶している限り、生前の義母は義父と仲睦まじくしていた印象しかない。義母の気性は温厚そのもので、義父に対する愚痴のひとつもこぼされたことがなかった。

それなのにどうだろう。胸の内にはここまでどす黒い感情を抱えていたのかと思うと信じられない心地になったし、テープを再生したことにも強い後悔が滲んでしまう。

その後、テープはすぐさまゴミにだして処分したし、当の義父にも他の家族たちにも、テープに関することは一切口にしないことにした。

けれども義母は、志秋さんが犯した「盗み聞き」をおそらく怒っているようである。

テープを聞いて以来、仏壇に向かって手を合わせていると、長押(なげし)に掛けてある義母の遺影が時折「がたり！」と鋭い音を響かせる。

見あげると、狐のように目を細めた祖母の顔が、志秋さんを睨(にら)んでいるそうである。

# 鬼仮面

事の発端は戦後まもなく、日上(ひかみ)さんが小学校に通い始めた頃のことである。

当時、日上さんが暮らす地元の子供たちの間で、鬼仮面という妖怪の噂が流れていた。

夕方、暗くなるまで外で遊んでいると、いつのまにか夢中で遊ぶ子供たちの輪の中に、真っ赤な鬼の仮面を被った子供が交じっている。

誰かが気づくと、それは突然奇声を発して、凄まじい駆け足で子供たちを追い始める。

不幸にも捕まった子供は、気が触れてしまうのだという。

概ねこんな噂話だったのだけれど、実際に鬼仮面を見かけた者など誰もいなかったし、地元で気の触れた子というのもいなかった。誰が作った話なのかも分からない。

噂は時々囁かれ、子供たちを気味悪がらせていたのだが、大して長続きはしなかった。

そのうち誰も語る者はいなくなり、日上さんもいつしか忘れてしまったのだという。

それから二十年余りの月日が流れ、日上さんは所帯を持って元気な男の子を授かった。

その息子が小学二年生になった、春先のことである。

休日の昼下がり、日上さんが居間で寛いでいると、外から息子の奇声が聞こえてきた。

「ごんばいえぇぇ、ごんばいえぇぇぇっ！」と、喉がちぎれるような大声で叫びながら、家の周りをぐるぐると駆けずっている。

息子は真っ赤な鬼の仮面を被って一心不乱に走り回っていた。声をかけても応じない。ようやくの思いで取り押さえたが、日上さんの腕を振りほどき、再び走りだそうとする。その間にも「ごんばいえぇぇぇぇっ！」と頻りに叫び続けていた。

仮面を剥がすと息子は白目を剥いて、口からぶくぶくと泡を噴きだしている。すぐに病院へ連れていったのだが、二度と正気に戻ることはなかった。

息子は成人した今でも、自宅と病院を行ったり来たりし続けている。

仮面を被って走る息子の姿を見た時、鬼仮面の噂が脳裏に蘇ったのだが、あんな噂は地元ですっかり忘れ去られて久しい。息子の耳に入ることなどないはずだった。

仮面のほうは、縁日の屋台で売られているような安っぽい作りだった。

息子がどこで手に入れた物か、出処はついぞ分からなかったという。

# 鳴らしていたのは

乃亜（のあ）さんが大学時代に体験した、いちばん嫌な思い出だという。
夏休みに友人たちと、森の中にあるコテージへ泊まりに出掛けた。
夜が更けて、そろそろ寝ようかという頃である。
天井裏から、がさがさと乾いた音が聞こえてくることに気がついた。
音は天井裏を縦横無尽に移動して、止まる気配が一向にない。鼠にしては音が大きい。
ちょうどコテージの外に脚立があったので、乃亜さんが代表で確かめることにした。
脚立を上り、天井板を開け、中に向かって懐中電灯を向けるや否や、悲鳴があがる。
光の先に照らしだされたのは、天井裏を凄まじい勢いで這い回る赤ん坊の姿だった。
友人たちは誰も信じてくれなかったが、自ら確かめようとする者もいなかった。
音はそれから、三十分近くもひっきりなしに続いたという。

# こおゆうひとよ

古宇利（こうり）さんが、彼女と初めて一緒に風呂に入った時のことである。
湯舟を出て髪を洗い始めた彼女の背中を眺めていると、ふいに異変が始まった。
桜色に染まる彼女の背中のまんなか辺りから、ぼこぼこと何かが浮きだしてくる。
風船が急速に膨らむような動きで現れたそれは、真っ白な赤ん坊たちの顔だった。
数は全部で三つ。いずれもぎろぎろと目玉ばかり動かし、古宇利さんを見つめている。
「こおゆうひとよ」
驚いているところへ赤ん坊たちが声を揃えてつぶやき、それからすっと消えていった。
躊躇いながらも自分が今見たものを彼女に説明すると、彼女はみるみる顔を蒼くして、
過去に堕胎した経験があることを打ち明けた。
彼女とはすでに別れたが、何人堕ろしたことがあるのかは聞けなかったそうである。

# SOS

野山の緑が色濃くなりゆく、初夏の時季のことだという。
兼業農家の大越（おおこし）さんは、地元の低山へ山菜採りに出掛けた。
主な目当てはフキだったが、山の中では他にもタラの芽やゼンマイなどもよく採れた。
十年近くも毎年欠かさず入っている山なので、いずれのポイントも押さえてある。
記憶と勘の赴くままに散策を始めると、狙い定めた獲物は思ったとおりに見つかった。
淡い緑に色づき、爽やかな香気を放つ山菜を次々と籠の中へ放りこんでゆく。
山に入って、一時間近く経った頃のことだった。
傾斜に生えるタラの芽を採っていると、ふいに遠くのほうから女の声が聞こえてきた。
初めのうちは空耳かと思ったのだが、ほどなく声ははっきり聞こえてくるようになり、
やがて救援を求めて叫んでいるのが分かった。

声は複数。どうやらふたつ聞こえてくる。

どちらの声も切羽詰まった悲愴な声音で「誰か！」と「救けて！」を繰り返している。

何があったにしても尋常ではないと察し、ただちに声がするほうへと向かい始めた。

声は絶えず聞こえてくるので、目星を付けるのに大した時間は掛からなかった。

荒く茂った灌木（かんぼく）の群立する傾斜を上った、木立ちの先から聞こえてくる。

声を頼りに進んでいくにつれ、距離は確実に縮まっていくのが分かった。

早足で木立ちの中を突き進み、前方に生い茂る灌木を掻き分けると、枝葉の向こうに見える土の上から、女の首が並んでふたつ生えているのが見えた。

「救けて！」

「お願い、救けて！」

こちらと目が合うなり、ふたりは涙と泥土に塗（まみ）れた顔を歪ませ、大声を張りあげる。

どちらも若い女だった。二十代中頃とおぼしい。

状況を見る限り、何者かに首から下を埋められたのだとしか思えなかった。

「待ってろ！　大丈夫だから落ち着け！」

すかさずふたりの前へ屈みこみ、両手で土を掘り始める。

幸いにも土は水気を含んで柔らかく、素手でもたやすく掘り進めていくことができた。
狂ったように「助けて！」と泣き叫ぶふたりを励ましつつ、首の周りにかかる濡れ土を
一心不乱に掘り返していく。
土はどんどん取り払われていった。これならどうにか救いだすことができそうである。
作業を進めながら、安堵しかけた時だった。
ふいによからぬことが脳裏をよぎり、胃の腑がみるみる冷たくなった。
土が柔らかく掘りやすいということはすなわち、ふたりが土中に埋められてからまだ、
それほど時間が経っていないということである。
ならばふたりを埋めたであろう犯人も、現場からそれほど離れていない可能性がある。
戻ってきたらどうしようと身構え、何か対策を立てなければと思った。
さらには救助に気を取られ、くわしい事情を訊いていなかったことにも思い至る。
「誰にやられた？　こんなことをした奴は何人いる？　まだ近くにいるのか？」
尋ねたが、ふたりは「早く救けて！」と声をがならせ、泣くばかりである。
「救けて！　救けて！　早く救けて！」
何度訊いても駄目だった。しだいに焦りが募って苛ついてくる。

「いいからちゃんと答えろ！　誰がこんなことをやらかしたのかって訊いてんだ！」
思わず胴間声(どまごえ)を張りあげたとたん、ふたりの叫びがぴたりと止んだ。
代わりに今度は、大越さんの口から悲鳴があがる。
目の前の地面に埋まっていたのは、若い女たちではなく、二体のマネキンだった。
顔立ちはどちらも最前までのふたりによく似ていたが、泣きも叫びもしなかった。
当たり前のことである。単なる泥土に汚れた人形だもの。
再び悲鳴をあげると、大越さんは一目散にその場を逃げだしてきたとのことである。

# 威風堂々

二〇一八年十一月下旬、午後五時四十分過ぎ。

美琴は自宅マンションの三階に位置する、玄関ドアの前に立っている。

おもむろに伸ばした右手はドアノブではなく、スチール製の表面へ向かっていった。

位置はドアのちょうど中央部。始めに手のひらを表にそっと貼り合わせてみる。

ひんやりとした温度とともに、顳顬（こめかみ）が小さくざわめくような不快感を覚えた。

続いて同じ場所の表に人差し指を滑らせていく。ゆっくりと動かした指先はつかのま、つるつるとしたスチールの感触を捉えていたが、まもなくざらざらとした異質な感触を帯びる箇所を探り当てた。指先でたどると、線を描いていくことができる。

該当する箇所に傷やゴミなどは付いていない。けれども鼻先を近寄せて目を凝らすと、蛞蝓（なめくじ）が這ったような半透明の線が、うねうねと何本も走り回っているのが確認できた。

　ここで美琴は鍵を開けてドアノブを回し、慌ただしく家の中へ駆けこんでいった。

　向かった先は、廊下に面したクローゼット。ドアを開け、中に整然と収納されている段ボール箱のうちから目ぼしい箱を廊下の床へと引っ張りだす。

　蓋を開けて中身を漁り始めた時、バスルームから「どん！」と渇いた音が木霊したが、無視して黙々と箱の中に視線を留め続けた。怖気を震うことさえなかった。

　幸い、探していた物はすぐに見つかった。長さは握った手の中から少しはみだす程度。表面が黒く艶光りする円筒形のそれを携えながら、美琴は再び玄関を出た。

　閉め直したドアの前に立ち、右手に握ったそれの先端をドアの中央部に向かって翳(かざ)す。側面に付いた点灯ボタンを押すと、ＬＥＤ製のブラックライトが放つ青白く妖艶な光が、ざらついた線の正体を浮き彫りにして見せた。

　玄関ドアのまんなかには、頭に二本の角を生やした小鬼(こおに)の顔が描かれている。

　大きさは手のひら大。先ほど美琴が貼り合わせた手掌のサイズとほぼ同じである。

　小鬼の顔の周囲には、荒々しい筆致で書かれた漢字がぐるりと輪を描いて並んでいた。その大半が、良くない意味合いを持つ漢字である。

　小鬼の顔と漢字の輪。それらが青白く仄めく線に変わって、ドアの表に浮かんでいる。

小鬼の顔には見覚えがあった。

雑貨市場の占い師、麻春美(マーチュンメイ)。彼女の名刺に刷られていた小鬼の顔と同じである。

図らずも小夜歌の勘は、見事に当たっていたことになる。

「判子とかそういう印みたいな物」という意見は元より、そもそも彼女は災いの元凶が「家の中」にあるとは言ってない。「家のどこか」にあると言ったのだ。

美琴と麗麗を蝕み続ける呪物は、視えざる刻印として、我が家の表にあったのである。

そして今もあり続けている。

恐怖を覚えたのは、ほんのわずかだった。背筋が若干粟立つ(あわだつ)、お付き合い程度の恐怖。

それよりも強く生じたのは、胸元に沸々と煮え立つ静かな怒りの念である。

冷たい火炎のような怒りだった。だから激昂することなく、物事を冷静に判断できた。

これから自分が最優先でやるべきことに思いを定めると、美琴はただちに行動に移した。

再び家の中へ引き返し、リビングからガムテープを、キッチンから洗剤とスポンジを手に取る。それらを使ってドアに記された刻印を跡形もなく消していく。

刻印の上にガムテープを貼って剥がすと、塗料もあらかたテープの粘着面に付着して、物の見事に剥ぎ取られていった。おそらく粘度の高いＵＶインクか何かだろう。

仕上げに洗剤とスポンジを使って、刻印の残滓をごしごしと念入りに洗い取っていく。

一連の作業は五分もかかることなく終わった。玄関ドアは元の無垢な状態へと立ち返る。

刻印がすっかり消えたのを見届けると、リビングのソファーに寝そべり、目を閉じた。

意識の内に広がる美琴と麗麗の世界へ入っていく。

やはり「せらせらせらせら……」という耳障りなあの音は、家の中から聞こえてきた。

しかし、それを聞いても今の美琴は少しも落胆することがなかった。

今度の結果はまったく違ったものになるという、強い確信の念があったからである。

玄関ドアを開けると、例の黒い卵もどきの瓶が、ふるふると小刻みに震えているのが目に入った。早足で歩み寄り、なみなみと張られた朱色の液に向かって両手をおろす。

美琴の開いた両手はほんの数秒程度、硬く強張った水面に向かう先を阻まれていたが、薄氷を割るような勢いで力をこめると、二本の細腕は難なく中へと呑みこまれていった。

同時に柿の果汁を思わせる色をした水飛沫があがり、瓶の縁から朱色の液が溢れだす。

美琴が漠然とイメージしていたとおり、液は羊水のような生温かさに包まれていた。

「せらせら……」という忌々しい響きも、それらにつられるように高まり始める。

両腕が肘の手前辺りまで液の中に潜った時、指先が柔らかな布地の感触を捉えた。

目にする前から、もう見える。それは綺麗な青い色をしたワンピースでしょう?

「麗麗!」

叫びながらまさぐった両腕が、小さな肩の左右を掴んだ。すさかず手の先を両肩から背中のほうへと向かって滑らせ、今度は布地に包まれた脇腹をがっしりと掴む。

そのまま渾身の力を振り絞って持ちあげると、豪雨のような鋭い水音を響かせながら目の前に愛しい相棒の姿が、美琴が心から再会の時を待ち望んでいた麗麗の姿が現れた。

朱色の液に濡れそぼった小さな顔を見据えると、閉じていた目蓋がゆるゆると開いて、口元に淡い笑みが差し始める。信じていた。この娘はやっぱり無事だった!

美琴も笑みを投げ返したとたん、瓶の中から出てきた麗麗の膝が、瓶の縁にがつんと当たって引っ掛かった。その弾みで美琴はバランスを崩し、両手に麗麗を抱えた姿勢で仰向けにどっかりと倒れこんだ。硬い木の床に打ちのめされ、背中に鈍い痛みが走る。

こみあげてきた呻き声を押し殺し、上体を起こしながら再び「麗麗?」と呼びかける。美琴の両手に掴まれながら、麗麗も一緒に起きあがる。

「せらせらせらせらせらせら……」という音がなおも聞こえ、しかもさらに大きく、間近で聞こえてくることに気づいたのは、その時だった。

はっとなって視線を向けると、音の出処は麗麗の胸元にある。

上体を起こした麗麗の胸元に、じたじたと手足を振り乱す胎児のような生き物がいた。

麗麗の小さな両手は、それの脇腹をがっしりと掴み、胸元の前で水平の形を保っている。

麗麗は必死の力で押さえこんでいたが、手の中で暴れる生き物のほうも死に物狂いで麗麗の胸元へ飛びこんでいこうとするような動きを見せていた。

「美琴！」

「よこして！」

悲痛な叫びに阿吽の呼吸で声を張り、麗麗が投げつけてきたそれを両手で受け止める。

「せらせらせらせらせらせらせらせらせらせらせらせらせらせら！」

音は確かめるまでもなく、生き物の口から発せられていたものだった。美琴の手中に渡ってきても盛んに声を鳴らして、手足を頻りにばたつかせている。

背丈は二十センチほど。身体つきは人間の胎児に酷似していたが、毛のない頭部には二本の黒い角が生えている。頭頂部から少し離れた両側から二本。牛のような角だった。

一方、目玉のほうは虎のそれを彷彿させる、真っ黒な細い瞳を描いて濡れ光っている。眼球の色はビタミンドリンクによく似た、鮮やかな黄色に輝いていた。

こちらも見覚えのある顔だった。つい先刻も玄関前で拝ませてもらったばかりである。

チビ助の小鬼は「せらせらせらせらせら！」と甲高い声を喚かせながら、短い四肢を狂ったように振り回している。そのいずれにも黒くて鋭く尖った爪が生えていた。

「静かに」

胸の内に猛(たけ)る冷たい怒りの炎を揺らめかせ、小さな声で告げると小鬼はすぐに黙った。手足の動きもゆっくりと衰え、だらりと床に向かって簾(すだれ)のように垂れさがる。

消されてしまうと思ったのだろう。そうすることもできるのだけれど。

続いて小鬼の額に右の人差し指と中指を添え、意識を小鬼の内へと集中させる。

デジタルの文書データをコピーするかのように、強制的な情報搾取はすぐに終わった。得られた事実は、美琴が大方予想していたとおりのものだった。

美琴の左手に胴を掴まれ、ぎくぎくと忙しないそぶりで視線を左右にしている異形の正式名称はただの小鬼ではなく、養小鬼(ヤンシャオグイ)。

数日前、台湾の怪異に関する資料の中で見つけた、養鬼術で生成される化け物である。素材には死んだ赤子や幼児の霊を使うらしいが、美琴の手の中で固まる養小鬼の背丈と体形を一目すれば、何を素材に造られたのかは容易に察することができた。

飼い主は麻春美。美琴にこれを仕向けた理由もすぐに分かった。

麗麗を養分として喰らわせ、これの力をさらに大きくさせるためである。

事の発端は先日、夜の雑貨市場で春美が偶然、美琴の姿を見かけたことだった。

あの時、春美は美琴の姿と一緒に、麗麗の存在も感じ取っている。自分がこしらえた不出来な養小鬼などより、はるかに精緻な完成度を誇る麗麗が欲しくなったのだろうが、タルパは基本的に創造主のそばから離れるものではないし、無理やりさらったところで心が通い合える関係になどなれない。

だから春美は養鬼術の応用として、己の養小鬼に麗麗を喰わせることにしたのである。

邪法のたぐいということもあり、養鬼術に関するくわしい作法や手順などについては、明け透けに解説されている資料を見つけることができなかった。限られた文献の中から美琴がわずかに知り得たのは、人の血を養分にして育てる方法もあるらしいということ。それから養小鬼の住まいとなる小ぶりな棺桶などを準備して、供え物を欠かさないこと。せいぜいこれぐらいのものである。

春美の養小鬼は、おそらく小さな黒い壺を住処に与えられていたのではないだろうか。麗麗の家に現れた黒い卵のような瓶をそのままの形で縮めた黒い壺である。

人の血を養分にできるなら、人が創ったタルパの血も養小鬼の糧にすることができる。こうした邪道を思いついた春美は、その実行の初手として、雑貨市場で見かけた美琴をしつこく占いに誘い、機を見計らって麗麗を奪い取ろうと動きだした。

その手段は九分九厘、握手だろう。あの握手。美琴が生理的に拒絶した握手を介して、美琴の心から麗麗という存在を吸い取ろうという算段だったのである。

ところが結果は果たして、失敗に終わる。そこで春美は第二の手段に出ることにした。それが今日まで美琴と麗麗を苦しめ続けた、呪詛によるえげつない強硬手段だった。

占いの誘いを断り、家路をたどり始めた美琴の背中を、春美は付かず離れずの絶妙な距離を保ちながら追いかけた。それに気づかなかった美琴も迂闊と言えば迂闊だったが、そもそも邪心を抱えて人のうしろをつけ回す行為自体が悪質極まりないのである。

ともあれ、事の結果として春美の尾行は成功した。

美琴は己のまったく預かり知らないところで、心根の歪んだ怪しい占い師に住まいを特定されてしまったのである。

けれども春美が仕上げに取り掛かったのは、翌日のことだった。正確に言い直すなら翌日の昼間、美琴が赤い封筒の一件で沖宮家を訪ねにいっている間のことである。

美琴の不在中に春美はマンション内に忍びこみ、玄関ドアに無色透明なＵＶインクで呪詛を発動させる紋様を書きつけた。発動条件は多分、美琴がドアに触れること。

どのようにして美琴の留守を見定めたのかについては、答えが出てこなかったのだが、タイミングとしては午前中に公園へ出掛けた時ではなく、沖宮家へ出発する時だと思う。それが証拠に春美の呪詛は、沖宮家からの帰宅後に発動している。

おそらく近所のどこかにこそこそと身を潜めて、好機をうかがっていたのだろう。

紛らわしいことに美琴はこの日、沖宮家に届けられた赤い封筒を回収してきたせいで、その後に始まる災禍の全てを封筒によるものだと誤認してしまう羽目になる。

今になって何もかもがはっきりした。赤い封筒は単なる紙切れに過ぎなかったのだ。

件の封筒が果たした災いというのは、心を病んだ近隣住人からの脅迫めいた嫌がらせ。それ以外の意味など何もなく、封筒自体に不可思議な力がこめられていたわけではない。そうした意味で見る限り、沖宮家に封筒を届けた女は完全な「シロ」だったと言えよう。

今回の件における大半の凶事は、春美によるものである。あの女が明確な悪意を持って麗麗を標的に狙い定め、この娘の身を危険に晒す卑劣な呪詛を仕込んだのだ。

美琴はそれが許せなかった。どうがんばっても許せなかった。

「あなたをどうするかはもう考えた。痛い目に遭いたくなかったら大人しくしていて」

養小鬼の目をひたと睨み据えながら、抑揚のない声風で伝える。理解したようだった。

小鬼は魂を抜かれたような顔つきで、こちらを黙って見あげてくるばかりである。

続いて満面に無邪気な笑みを浮かべ、麗麗のほうに顔を向ける。

「遅くなってごめんね。身体は大丈夫？　痛いとか苦しいとかはない？」

「うん、全然平気。ずっとぎゅーって押さえてた。両手にいっぱい力を入れて」

麗麗も笑顔を弾ませ、胸元の前に持ちあげた両手を結んだり開いたりして見せた。

「すごいね、麗麗。本当にすごい」

それだけ返してあげるのが精一杯で、あとは言葉が涙に詰まって続かなかった。

今日で何日になるというのだろう。自分の身を守る術を持たない非力な娘だとばかり思っていたのに、この娘はずっと独りでがんばってきたのだ。

多少は美琴が気を強く持っていた影響もあるだろうが、それでもおりおりには不安や恐怖を感じて心が落ちこむ局面もあった。創造主がそうした時であっても麗麗のほうは、あの黒い卵の中で朱色の液体に浸かりながら、必死で鬼に喰われるのを防いでいたのだ。

堪らない気持ちが押し寄せ、本当は今すぐ強く抱きしめてあげたかった。

「行くの、美琴？」

こちらの意向を察したかのように、というか本当に察した様子で麗麗が言った。

さすが通い合っている。心地いい。こうしたやりとりの再開を待ちわびていた。

ごめんね、麗麗。抱きしめてあげるのは、もう少しだけ待って。

「うん、行くよ。しっかり終わりにさせなくちゃ」

答えてから、互いにうなずき合って目を閉じる。

再び目蓋を開くと、目の前にはリビングの天井があった。視線を傍らに向けた先では、麗麗がソファーの足元にちょこんと座って美琴の顔を見あげている。

最前まで朱色の液体で濡れ鼠になっていた身体は、服ごとすっかり綺麗に乾いている。いつもの可愛らしい麗麗の姿そのものだった。

それから視線を向けた右手の中には、石のように身を強張らせる養小鬼の姿もあった。目玉は忙しなく震え、リビングのあちこちに向かって泳いでいる。

美琴はそれを掴んだまま起きあがると、急ぎ足でキッチンへ向かった。

続いて食器棚を開け、手頃な大きさのガラス瓶を取りだす。コーヒーメーカーに使うガラスポットと同じぐらいのサイズをした、蓋付きで丸い形をした瓶である。

調理台の上に無理やり横にならせた養小鬼を肘で強く押さえつけながら、蓋を開ける。

それが済むと再び小鬼を右手に引っ掴み、瓶の中へと押しこんでいった。

「あなただけ、器の中に逆戻り」

小鬼は瓶の中に収まると、まもなく姿が見えなくなったが、その代わり、底の部分に薄っすらと朱色の液体が滲みだしてきた。おそらく生温かいのだろうと美琴は思う。

蓋を固く閉め直し、その表面に魔封じの紋様を指でなぞって、そっと様子を見始める。

一分ほど警戒していたが、瓶の中に不穏な動きは起こらなかった。封印成功である。

瓶を掴みながら顔をあげた時、シンクのそばに掛けてある四角い鏡にふと目がいった。

そこには劉志偉(リュージウェイ)の妻、劉小橋美琴ではなく、霊能師・小橋美琴の顔が映っていた。

素早い足取りでリビングへ戻り、テーブルの上に瓶を置いたところで廊下のほうから、

「忘れてねえよな?」といった調子で「どん!」と大きな音が響いてくる。

「美琴……」

ソファーに腰掛けていた麗麗に「大丈夫。待っていて」と短く答え、リビングを出た。

今度は素早く、そして迷いのない足取りで廊下を突き進み、バスルームの前へと至る。

ドアの表に貼ってある御札はどうしようかと思ったが、この際だから剥がすことにした。

どうせもう必要なくなる。

「開けますよ」

自分でもどんな感情がこもっているのか分からない声音で呼びかけ、あとは力任せにドアを開け放つ。長方形に切り取られた戸口のすぐ先では真っ赤な男が棒立ちになって、美琴に下卑た笑みを向けていた。

「三神俊平。そろそろ出ていってもらわないとね」

名前と用件を告げると、三神はたちまちぎょっとした顔つきになった。

目の前に立ちはだかっているこの異形は日本人で、元は都内在住。美琴が現役時代の二〇一五年に、仕事で関わることになった人物である。

三神は当時、両親が経営する食堂の地下に引き籠って、実在する女性をモデルにしたタルパを創っていた。しかもモデルは殺人事件の被害に遭った若い女性である。

創造主から受ける虐待に堪えきれず逃げだしたタルパ、月川涙（幽霊のようになって近隣に出没していた）にまつわる案件で、美琴は三神と関わるようになった。

そうした不穏な真相があるとは明かされないまま、地下室に立てられたドアを隔てて、美琴はたびたび三神と顔の見えない状態で対話をするようになったのである。表向きは。

実態は違った。三神は密かに美琴がいつも腰掛けていた階段の周囲にカメラを忍ばせ、盗撮をおこなっていた。主にはスカートの中を撮影したものが多かった。

これだけでも許せなかったのだが、三神はさらに美琴と麗麗をモデルにしたタルパも勝手に創りあげ、薄暗い地下室でハーレムの真似事までおこなっていたようである。

同時に月川涙との関係性や彼女の素性までもが明らかになり、これらの真相をもって美琴は依頼を受けた仕事から一切手を引いた。最後には三神に怒りの捨て台詞も吐いて。

あれから三神がどうなったのかは知らなかったが、死んでしまったことは確実だった。

仮に目の前にいるこの輩（やから）が生霊だとしたら、こんなにも長い期間、生身の身体を離れてこの場に存在していられるはずがないからだ。

三年ぶりに美琴の前に現れた理由は復讐だろう。それも逆恨みによる復讐である。

全身がどろつく真っ赤な粘液に覆われているのは、死亡時の状況に起因しているのか、あるいは正体を悟られないための偽装かもしれない。生前から小狡（こずる）い性分の男だったし。

出現した時期については、三神が最近死んだばかりだからという推察もできたのだが、美琴は「弱り目に祟り目」ということわざのほうが、脳裏に色濃く浮かんできた。

心底下劣なこの男は、美琴が窮地に陥っている時を狙って襲撃に現れたのである。

意味もなく真っ赤な姿の男を恐れる理由もよく分かった。相手が三神だからである。
かつてこの男は美琴に大きな性的トラウマと、人間不信の種をたっぷりと植えつけた。
傷が癒えて落ち着くまでには、それなりの月日と努力を要している。
仮に劉さんとの出逢いがなかったら、今でも立ち直れていないかもしれない。
本能から生じる忌避感が、美琴の立ち向かう勇気をすっかり萎らせていたのである。
けれども今はもう違う。麗麗が耐え抜いた苦難を知って、そうした心境も改善された。
タルパが持ち得る勇気は、美琴も持ち得る勇気と受け取ることができたから。
異形の正体が分かったのも、ほとんどそれと同時だった。記憶の底に押しこめていた
当時の三神の顔と、赤く染まった男の人相が、頭の中でぴたりと合致したのである。
思うまにも三神の顔は再び下卑た笑みをこしらえ直し、美琴の顔を睨み始めた。
人の死を幸いと感じたのは、生まれて初めてのことだった。理由は当時の三神と同じ。
相手がすでに死んでいるなら、何をしたって法に触れることがないからだ。
「対等だって思ってる?」
言いながら詰め寄り、先刻思いついた作戦を実行に移す。
美琴がそれを始めると、まもなく三神の顔から笑みが消え失せた。

# 始末をつける

それから三十分後、午後六時半過ぎ。

美琴は宵のうちの暗闇に無数のネオンが煌めく、台北の街中を歩いていた。

あたかも大きな石でも背負っているかのように重たく慎重な足取りで、ゆっくりと。

向かう先は、春美が露店を構える雑貨市場。道程は残り半分ほどまでに近づいていた。

普段、家から雑貨市場までは三十分もあれば着くのだけれど、この日は家を出てから二十分が過ぎても半分ぐらいに達するのがやっとだった。

肩にはショルダーバッグをさげている。中には養小鬼を詰めこんだ瓶が入っていた。

隣には麗麗の姿もある。美琴の右手をしっかりと握り、横並びになって歩いている。

主には胸の痛みがひどかった。息をするたびに胸の筋肉が捻じれ、胸骨が音をあげて軋むような感覚が生じる。地面に足がつく時の振動でもそれは容赦なく襲ってきた。

頭も痛い。顳顬がどくどくと脈打ち、脳には荒縄で締めつけられるような鈍痛がある。視界も時折、歪みを帯びて霞んでしまい、何度か転びそうになっていた。

そういう時には麗麗がすかさず身体に寄り添い、危なげなくバランスを取ってくれた。この娘が支えてくれなければ、おそらく十分も歩けなかっただろうと美琴は思う。

歩道を行き交う人の数は多い。いつものように上着の懐に隠れてもらわなかったから、中には麗麗の姿が視えてしまう人もいるかもしれなかった。

だが今夜に限っては、別に構わないと思う。仮に見られたとしても、仲のいい母娘が手を繋いで歩いているだけ。そんなふうに見えるだけだろうし、誰かの目に触れるなら、そんなふうに見てほしかった。

痛みに悶え苦しみながら歩いていると、額や首筋から冷や汗も滲んでくる。拭いてもまたすぐに次の汗が噴きだしてくるので、左手に持ったハンカチはしまえなかった。

顔色も悪いだろうと思う。蒼ざめているか、血の気が引いて紙のようになっているか。家を出てから鏡は見ていなかったが、美琴の勘では紙のように白い気がしていた。

「がんばって、美琴」

麗麗の励ましに「うん、大丈夫」と応え、美琴は一心不乱に歩き続けた。

結局一時間近くかかって、ようやく雑貨市場へたどり着く。

たかだかの時間だったが、美琴にとっては一生にも匹敵する長さに感じられた。

今さらながら、いつもの場所にあの女がいなかったら……などという思いがつかのま、脳裏に湧きあがってきたが、この日の天運は最後まで美琴の味方をしてくれるらしい。

春美はいた。いつもの場所に、黄色い布が敷かれた小さな机を構えて陣取っている。

市場の中の奥まった薄暗い路地を歩いていくと、残り十メートルほどまで迫った頃に春美はこちらへ顔を向けた。目が合ってすぐには、わざとらしい笑みを浮かべていたが、いくらも経たずにその笑顔には、そこはかとない怪訝の色が混じり始める。

視線は美琴の顔を見ながらにして、隣を歩く麗麗の側にもさりげなく向けられている。

美琴はそれを見逃さなかった。

「あらぁ小橋さん、こんばんは！　お加減いかがですか？」

両手を怪鳥のように広げ、おどけた調子で春美は言ったが、声音は幾分上擦（うわず）っていた。

美琴はうんともすんとも返さずそのまま進んでいくと、春美から勧められるより先に、机の前に置かれた椅子に腰掛けた。

「除障香、効きました？　なんだか顔色良くないですけど、あれから――」

春美が言い終えるのを待たずに、バッグから取りだした瓶を机の上にどんと置く。

「あっ」

目の前に現れた瓶を目にしたとたん、春美は両目を丸く瞠って言葉を喉に引っこめた。

続いて右手を慌ただしく伸ばして、瓶の蓋を鷲掴みにする。

次の瞬間、美琴も右手をひゅっと突きだし、ほとんど上から叩きつけるような勢いで春美の右手に覆い被せた。「ぱん！」と乾いた音が机の上に木霊する。

春美はすかさず振り払おうとしたが、美琴はそれを許さなかった。五本の指を絡ませ、ありったけの力をこめて押さえこむ。

手を重ね合わせてまもなく、春美は「あぅん、うぅん」と奇妙な喘ぎを漏らし始めた。続いて顔からみるみる血の気が引いて、紙のような白さになっていく。

同時に美琴を苦しめていた頭と胸の痛みは、それらを発する場所から右手に向かって怒涛のうねりを描いて流れゆき、うねりが止むと痛みはすっかり消えてなくなった。

長い息を漏らし、掴んでいた手をゆっくりと離す。春美は右手を瓶の蓋にのせたまま、色醒めた顔で「ぐぅん、ぐぅん……」と苦悶の唸りをあげていた。

およそ一時間前、美琴はバスルームで対峙した三神を魔祓いの呪法で適度に痛めつけ、それから自分の身体にとり憑かせた。

本当のところは、もっと痛めつけてやりたかったし、できれば存在自体も消し去ってやりたかったのだけれど、あまり弱らせると目的が意味を成さないものになってしまう。おかげでここまで運んでくるのは大変だったが、目の前で悶え始める春美の姿を見れば、そうした苦労に値するだけの意義はあったと言える。

「お返しですよ。わたしからの刻印」

春美の身体に、三神の悪霊をとり憑かせてやったのだ。結果は大成功。

「なんてことすんのぉ、あんたぁ……」

相変わらず右手は瓶の蓋に添えたまま、喉から絞りだすような低い声で春美は言った。

「黙れ」

自分でも信じれないほど、厳しく無慈悲な声音で美琴は応えた。

「こっちの台詞よ。今度わたしたちに手をだしたら、これよりもっと酷い目にあわせる。二度と関わらないで。嫌とは絶対言わせない。素直に『はい』って言いなさい」

夕刻から胸の内に宿る冷たい火炎が、大きな揺らぎを描いて猛っていた。

「返事は？」

歪んだ顔で必死に息を整え、次の言葉を吐きだそうとする春美を無遠慮に急かす。

「分かった……分かったよぉ……」

「良かった。約束はかならず守ってね、はるみさん」

何気ないそぶりで告げると春美は頬を弛ませ、「ふぁ……」と萎んだ声を漏らした。

「あなた、日本人でしょう？　よその国に来て恥ずかしいことをしないでほしい」

淡々と投げつけた美琴の言葉に、春美は否定する仕草を見せることはなかった。

ならば彼女は本当に日本人なのだろう。ついでにカマを掛けてみただけだったのだが、当たってしまった。同じ日本人と知って、彼女に対する怒りと嫌悪がさらに高まる。

けれども次の言葉はカマ掛けではない。

「自分の子供をお化けに変えるなんて、最低」

椅子から立ちあがって囁くように畳みかけると、春美は美琴の顔をまじまじと見あげ、憤怒と憐憫が入り混じったような複雑な表情を浮かべ始めた。

これは先ほど、養小鬼の額に触れた時に知った。だから滅することなく、春美の許に返したのである。それが最善なのかどうかは、今でも判断がつかなかったのだけれど。

背後で頻りに呻く春美の声を聞きながら、麗麗と並んで薄暗い路地を引き返す。

養鬼術などという邪法を実践できる人物である。無理やりとり憑かせた三神はいずれ、自分の力でなんとかするだろう。できれば綺麗に滅してほしいところである。

仮に春美の許から三神が舞い戻ってくることがあったとしたら――その時こそ美琴は今夜、三神にできなかったことを最後までしてやるつもりだった。

「ねえ、美琴。お腹すいた」

市場を出る頃、美琴を見あげて麗麗が言った。

「そうだね。夕飯、まだ食べてないもんね。何が食べたい？」

訊かなくてもすでに分かっていたので、麗麗の答えに合わせて美琴も言葉を重ねる。

「小籠包！　夜市の！」

「決まりだね。デザートに豆花も食べて帰ろう」

三神を身体に憑かせる前から続いていた頭と身体のだるさも今は嘘のように治まって、久しぶりに食欲も湧いていた。

けれども美琴の食欲を掻き立てる理由は、それだけではない。

大好きな誰かと一緒に始める食事が、ずっと待ち遠しくて堪らなかったからである。

行きつけの夜市でたっぷりと夕食を楽しんだあとは、やはりこちらも久しぶりとなる自宅のバスルームでの入浴を楽しんだ。

窮屈だった公衆浴場の話を聞かせてあげたら、麗麗は大笑いしていた。

体調はすっきりしていたけれど、夕方からいろいろなことが一気にあり過ぎてせいで、入浴が済むと眠気が差してきた。麗麗も「眠い」というので、ベッドに入ることにする。

この日は麗麗と一緒に寝た。

寝室のベッドの中で顔を向け合い、つかのま他愛のないおしゃべりに笑い合うさなか、美琴は少しだけ躊躇いながらも、夕方から思い始めていたことを伝えることにする。

「ねえ、麗麗。聞いてくれる?」

「うん。なーに、美琴?」

無邪気な笑みを浮かべて応える麗麗の顔をしばらく愛おしく見つめ、それから美琴は大事なことを話し始めた。

# 本当に出逢える、その日まで

二日後の夕方、劉さんが無事に帰ってきた。美琴は空港まで迎えにいった。

「おかえりなさい」

到着ゲートから出てきた劉さんに、手を振りながら弾んだ声で呼びかける。

「ただいま、ミコさん」

すると彼はたちまち頬を緩めて、美琴の前にやってきた。元気そうで何よりだった。

帰り道、台北駅へ戻る電車の中で、旅先の思い出話を聞かせてもらっていた時である。

「夕飯、どこかで食べて帰ろうか？」

ふと思いだしたように劉さんが尋ねてきた。

「いいの？」

尋ね返すと劉さんは少しだけ奇妙な間を置き、それから「うん」とうなずいた。

その間の真意が分かっていた美琴は、思わず微笑ましい気分になってしまう。

「クリームシチューじゃなくてもいいんだ？」

小首を傾げて尋ねた美琴に、劉さんは「ふっ」と噴きだし、それから恥ずかしそうに
「いや、本当はシチューが食べたい」と答えた。

「そう思って材料は全部揃えてあります。仕込みも完了。あとは仕上げに掛かるだけ」

「すごいなあ。なんでもお見通しなんですね」

「そうですよ。だって劉さんの奥さんですから」

笑いながら肩を寄せ合い、しばらく仲睦まじく電車に揺られる。

帰宅後、劉さんが入浴している間にシチューを作った。
オリジナルは母のクリームシチュー、今ではそれを受け継ぐ美琴のクリームシチュー。
具材の人参だけは、バターと砂糖を混ぜた煮汁で軽く下茹でをし、シチューがあらかた
完成する頃に隠し味のチーズを混ぜこむ。
たったそれだけのシチューなのに、風呂からあがった劉さんは「うまい！」と叫んで、
三杯もおかわりをしてくれた。

食後は劉さんが荷物を開いて、お土産をプレゼントしてくれた。

セイロンティーと珍しいお菓子のセット。どちらも嬉しいお土産だった。

さっそくお茶を淹れようとしていた時、劉さんが「でもその前に」と切りだした。

「実はもうひとつ、お土産があるんだ。気に入ってくれるといいんだけど」

そう言って、キャリーバッグの中から取りだした紙箱をリビングのテーブルにのせる。

四辺が三十センチほどをした、四角く白い箱である。

劉さんが蓋を開け、中から出てきた物を目にするなり、美琴ははっと息を呑む。

それは陶器でできた、青い馬の像だった。

大きさはおよそ二十五センチ。右の前脚を軽く持ちあげ、頭も軽く天を見あげている。

身体の色は爽やかで深みの強い青なのだが、ふたつの目玉は淡々しい水色に輝いていた。

おそらく宝石。アクアマリンではないかと美琴は思う。

「どうしたの、これ?」

「向こうの雑貨屋さんに入った時に見つけた。それ、ミコさんへのお土産じゃないんだ。

視えない青い女の子。その娘が喜んでくれるかなあと思って買ってきた」

たおやかな笑みを浮かべ、淀みのない口調で劉さんは言った。

　美琴は目の奥が少し痛くなる。涙を堪えて息を整え、それから言葉を紡いだ。

「知ってたの……？」

「知っているってほどは知らないよ。ただ、家の中で時々、気配を感じることはあった。姿は一回だけ、視たことがあるよ。黒い髪の毛に青いワンピースを着た、小さな女の子。合ってるかな？　悪い娘じゃないでしょ？」

「うん、すごくいい娘だよ……」

「だよね。そう思ってたから、今までくわしいことは訊かなかった。でもスリランカの雑貨屋さんでこの馬を見た時、なんだか無性に思ってしまってね。あの娘がきっと喜ぶ。だからお土産に買って帰ってあげようって。喜んでくれるかな？」

「うん、絶対喜んでくれると思う。ねえ、くわしいことは今話さなくてもいいかな？」

「いいよ。ミコさんが話したいって思う時で全然構わない。僕は再び知らんぷり」

「ありがとう。いつか相応（ふさわ）しい時が来たらかならず話すね。今は少しだけ待っていて」

「分かった。ねえ、それよりちょっと見ていてよ」

「ふぅ」と軽く息をつきながら、劉さんが青い馬の片目に向かって、二本の指をかける。ぐっと力を入れて引っ張ると、水色に輝く馬の目はいともたやすく外れてしまった。

もう片方の目も同じように外れた。小指の先ぐらいの大きさをした両目を取り外すと、劉さんは美琴にそれらをそっと差しだしてきた。

「どう思う?」

手のひらに受け取ったふたつの宝石は、どちらも肌に触れていると、心がじんわりと安らいで、視えないキルトで身体を包みこんでくれるような不思議な力が感じられた。

元霊能師による鑑定なので、あながち外した所感ではないと思う。おそらくだけれど以前の持ち主、あるいはその持ち主が特異な感性を持ったプロに頼んで、こうした力をこめてもらったのではないだろうか。とても清らかでいい気が宿っている。

「すごくいいと思う」

感じたことをそのまま素直に伝えると、劉さんはこんな提案を持ちだしてきた。

「目は御守りにしてみない?」

指輪かペンダントに加工して、御守り代わりにしたいという。自分と美琴の分として。いい提案だと思った。馬のほうは目玉を失くしてしまうと可愛そうなので、代わりに手頃なサイズの石やガラス玉を探してあげることにした。新しい両目が見つかりしだい、加工を始めていくことにする。

それから劉さんはテレビを観始め、美琴は作りかけのパズルを始めた。

図柄はユニコーンと女の子。

軽やかな緑に染まる森を背景に、ユニコーンと青いドレスを着た女の子が佇んでいる。女の子の髪の毛は金色だったが、やはりどことなく麗麗に似ていると思う。

今回の一件が始まってから手つかずになっていたのだけれど、昨日の昼から再開した。残るピースは四百ほど。急がず焦らず、楽しみながら完成を目指していくつもりだった。

すでにほとんど組みあがった女の子の姿を見ていると、少しだけ寂しさが募ってくる。それでも後悔はしていない。

麗麗とは一昨日の夜、お別れをした。

自分にはもう、タルパは必要ないと気がついたからである。

代わりにここから先は、人の親になりたいという気持ちが強く湧きだしてきた。

ある意味皮肉なことなのかもしれないが、養小鬼と三神俊平にまつわる今回の災禍をからくも乗り越えたことで、美琴は身をもって確信することができたのである。

自分はきっと我が子を全力で守り抜ける、強い母親になれるだろうと。

「ねえ、麗麗。聞いてくれる？」

「うん。なーに、美琴？」

一昨日の晩、無邪気な笑みを浮かべる麗麗の顔を見つめながら、美琴は言った。

「寂しいけど、一旦お別れしようか？」

覚悟を決めて言葉ははっきり伝えたものの、声音はこみあげてくる涙で濁ってしまう。

本音を明かすと、心のどこかでは伝えたことを後悔している自分もいた。

それでも次に続く言葉を伝えなければ。こちらのほうこそ、本当に大事な言葉だった。

溢れだす涙を拭いながら、どうにか再び口を開きかけた時だった。

「そう言ってくれるのをずっと待ってたよ、お母さん」

麗麗は笑顔を少しも崩すことなく、美琴は言おうとしていた半分の思いを口にした。

「ありがとう。気づいてあげられなくてごめんね。今はお別れだけど、お別れじゃない。出逢い直そう、麗麗。今度はきっと、わたしの娘になって生まれてくるんだよ？」

「うん、約束する。わたしはずっと、美琴と一緒にいたいもん」

さすがに通い合っている。心地いい。短い言葉で、美琴が望んだ全てを返してくれた。

それでも完全に通い合っていたわけではない。美琴は今さら自分の鈍感さに恥じ入る。結婚からまもなく、美琴の許に麗麗がひょっこり戻ってきてくれた理由。

それはきっと、異国の暮らしに不安を抱える美琴に寄り添うためだったのだろう。

現に劉さんが長期で不在の時は、沈みがちな美琴の心をいつでも明るく保ってくれた。屈託のない笑みを振りまいて寄り添ってくれる麗麗に、何度救われたことか分からない。子供だったのはむしろ、美琴のほうだったのである。

半年前ほどから麗麗の髪型と服装が変わったのは、おそらくサインだったのだと思う。麗麗が互いの新しい関係性を望むサインと、それから美琴の気持ちに前進を促すサイン。

大事なサインに気づかず、今までどっちつかずで踏ん切りがつかなかったのだけれど、養小鬼から死に物狂いで麗麗を救けだせたことで、ようやく決心することができた。

大人になろう、母になろうと。

「おやすみ、麗麗。今までありがとう」

「おやすみなさい、お母さん。またいつか」

微笑みながら美琴が抱きしめると、まもなく麗麗の身体は香りを失い、温もりを失い、美琴が抱いた両手の中で静かに姿を消していった。

思いに耽りながらしばらくパズルを続けていると、そのうち劉さんがソファーの上に寝そべり始めた。「眠い？」と訊いたら、すぐに「大丈夫」と返ってくる。

だから構わずパズルを続けることにしたのだけれど、それから十分も経たないうちに、すやすやと伸びやかな寝息が聞こえてきた。

顔をあげると案の定、劉さんは眠りの国へと旅立っていた。

時刻は九時を過ぎたばかりだったが、身体の疲れに、時差の影響などもあるのだろう。寝室で休んだほうが疲れは格段に取れるだろうと思ったものの、声をかけるのはよした。代わりに美琴は寝室に向かい、ブランケットを一枚抱えて戻ってくる。

「すごいなあ。知らないそぶりでお見通しだったんですね」

安らかな相を浮かべる劉さんの寝顔を見おろしながら、小さな声で話しかける。

だってわたしの旦那さんですから――。

もしかしたら、他にも麗麗についていろいろ知っていることがあるのかもしれないが、それを聞きだすことはないだろう。美琴の秘密を知りながら、何も言わずに許していた夫の優しさに感謝の気持ちをそそぎ続けるばかりである。

笑みを浮かべて彼の寝顔を眺めていると、その面差しのあちこちに麗麗の顔の作りと似通う部分があることにも気がついた。特に眉の形と下唇の膨らみ具合がよく似ている。改めて、この人と巡り逢えたのは運命だったのだろうと感じ入る。

できればそのうちソファーから起きだして、きちんとベッドで寝てほしかったのだが、目覚めるまではゆっくり休ませてあげたかった。

テレビを消して、美琴も今夜のパズルを切りあげようと思う。

「好きよ」

綺麗な青に染まるブランケットを夫の身体にかけながら、美琴は優しくそっと囁いた。

**★読者アンケートのお願い**

本書のご感想をお寄せください。アンケートをお寄せいただきました方から抽選で5名様に図書カードを差し上げます。
（締切：2024年9月30日まで）

**応募フォームはこちら**

# 拝み屋備忘録　赫怒の刻印


2024年9月5日　初版第1刷発行

著者……………………………………………………………………… 郷内心瞳
デザイン・DTP ………………………………………………… 荻窪裕司（design clopper）
企画・編集 ……………………………………………………………………… Studio DARA

発行所…………………………………………………………………… 株式会社 竹書房
〒102-0075　東京都千代田区三番町８－１　三番町東急ビル６Ｆ
email：info@takeshobo.co.jp
https://www.takeshobo.co.jp
印刷所…………………………………………………………… 中央精版印刷株式会社